파랑대문

최 윤

파랑대문

최 윤

소설

PIN

016

차례

PIN
016

파랑대문

최 윤

1

마을 앞으로 흐르는 큰 냇물은 외로울 일이 없다. 냇물은 옆 마을을 지나면서 강과 만난다. 강은 유난히 빛나 마을의 어디에서나 시선을 잡아당긴다. 바람이 없는 날 강 위에 하늘이 들어찬다. 그래서 이곳의 사람들은 그곳을 구름샘 마을이라 부르는 모양이다. 강 위로 구름이 부드럽게 일렁이는 것을 본 사람들은 이 마을을 떠나기 쉽지 않다. 그렇게 머물면서 작은 사건이 일어난다.

강은 구름만 품는 것은 아니다. 밤에, 강은 고요히 일한다. 그곳에서 달이 뜨고 별이 스러진다. 강 이름이 구름샘이고 마을 이름이 되었다고 다들 들어 알고 있다. 하지만 언제부터 이렇게 불리는지 아는 사람은 별로 없다. 그것을 궁금해하는 사람 없이 마을 사람들은 공식적인 지명을 깜빡 잊을 정도로 이 마을의 이름을 좋아했다. 마음속에 이 강이 흐르는 것은 아이들을 조금 특별하게 만들었다. 어릴 때부터 강의 여일함과 고요를 배우는 것은 아무에게나 주어지는 선물은 아니기 때문이다.

어릴 때 아이들은 이 내가 강인 줄 알았다. 시내보다 넓고 깊어 아이들은 내를 샛강이라고 부른다. 아직 키가 작은 아이들은 강가에서 놀 수 없다. 강은 넓고 깊고 자주 고요하기에 아이들에게는 냇물이 적격이다. 냇가의 위쪽에서 앳된 목소리의 두 소년이 떠들지만 않았어도 큰 바위를 돌아 수줍은 듯 흘러 내려오는 물소리가 들릴 듯 사방이 조용하다. 아이들의 시간이다. 바닥의 조약돌들은 미끌거리니 건널 때 조심해야 해. 어른들의 목소리가 귀에 쟁쟁하다. 소녀는 건너편으로 가고 싶다. 이쪽에서는 소년들이 송사리를 잡는 위쪽의 깊은 곳으로 갈 수가 없다. 그곳에서는 자맥질도 할 수 있어 늘 아이들이 몰린다. 봄날의 오후에, 엉성한 망에 송사리가 걸릴 때마다 내지르는 소년들의 환성이 높이 허공으로 올라간다. 소녀는 팔을 들어 무언가를 잡는 몸짓을 한다. 그 소리가 손에 잡힐 것처럼. 비슷한 또래인데도 아직 그들보다 어린 태가 역력한 소녀에게 소년들은 관심이 없다. 소녀는 옷이 젖지 않게 치마를 말아 쥐고 얕은 곳을 골라 물살을 거슬러 냇가 저쪽으로 가려고 안간힘을 쓴다. 거기에는 굵은 모래밭도 있고 잡풀 사이로 위쪽 소년들에게로 갈 수 있는 길이 나 있다. 조심을 해야 소용이 없다. 바닥의 조약돌은 물때로 매끄럽고 가끔 날카로운 돌조각이 균형을 잃게 한다. 물길 한가운데서 한두 번 비틀거리다 보면 옷을 말아 쥐어봐야 소용없다. 곧 옷이 흠뻑 젖는다. 더 조심할 필요도 없다. 치마를 내리고 플라스틱 샌들을 벗어 들고 걷는 게 더 쉽다. 뭐, 위험하기는! 기껏해야 허벅지 정도 오는 깊이의 물살이다.

위쪽으로 가서 소년들이 있는 곳의 바위 위에 앉아 빙긋 웃음을 머금고 소녀는 소년들을 바라본다. 소년 중의 한 명이 분홍색 플라스틱 양동이를 그녀 앞에다 가져다 놓고 다시 풍덩거리며 되돌아간다. "애개, 겨우 일곱 마리!" 마을 친구의 엄마가 아프다. 송사리 매운탕이 그 병에 좋다. 50마리는 잡아야 할걸. 시간이 많이 걸릴 것이다. 소녀는 눈을 감는다. 봄날이다. 바람이 귀밑 머리카락을 날려 뺨을 간질인다. 한 소년의 목소리는 높고 경쾌하다. 다른 목소리는 역시 높지만 조금 더 굵다. 알맞은 이중창이다. 그녀는 두 목소리를 타고 창공을 오른다. 높고 맑다. 이렇게 올라가면 하늘에 닿을지도 모른다. 그녀는 창공에 머물러 동네를, 뒷산을, 냇가를, 두 소년을, 저 아래로 내려다본다. 눈꺼풀 위로 붉은 기운의 햇살이 가볍게 내려앉아 간질인다. 키득거리는 웃음이 저절로 나온다. 소녀는 그것이 행복인 걸 알지만 그 단어를 몰랐다. 그런데 여린 주황빛이 비쳐 들어오는 눈꺼풀 위에 묵직한 무언가가 얹히며 빛이 사라진다. 누가 뒤에서 소녀의 두 눈을 가렸다. 두 목소리가 합창으로 말한다. "상미야, 누군지 맞혀봐!" 어린 소년들의 목소리는 대체로 비슷하다. 때로 그 나이의 목소리에는 성이 없는 것 같기도 하다. 그 목소리는 소년들이 커가면서 변성기를 거치고 그들이 슬픔과 고통이 무엇인지 알게 되면서, 목소리도 변하고 구별되기 시작한다. 아주 후에. 그렇게 목소리에 존재가 담기기 시작한다.

몸을 움직이면 방금 머물렀던 꿈속의 공간에서 완전히 나와버릴 것 같아 나는 눈을 감은 채 상체를 오므리고 몸을 둥글게 만들어 꿈에서 내쫓기지 않으려고 애쓴다. 몸이 맘먹은 대로 움직여주지 않는다. 아프다. 뼈마디가 삐걱거리며 이를 앙다물어야 할 만큼의 고통이 순식간에 온몸을 포획한다. 꿈으로 가는 길을 잃을까, 기억을 되살리려 다시 힘주어 눈을 감는다. 사실 여러 번 꾼, 내용이 비슷한 꿈이다. 꿈인가, 아니면 흔한 데자뷔 현상인가. 고향의 냇가다. 눈을 뒤에서 가린 사람이 누구일까 채 알아맞히기 전에 꿈은 끝난다. 누구의 손이 두 눈을 그렇게 힘껏 눌렀을까? 그 두 손은 힘을 주어 내게 무언가를 숨기고 싶었던 걸까? 아니면 보아서는 안 될 것으로부터 보호한 손이었을까? 사실 그건 그다지 중요하지 않다. 그것이 한가지 일임을 시간이 지나면서 나는 알게 되었다.

이런 꿈을 꾸고 나면 관성처럼 눈자위가 주변에서부터 아프게 조여오며, 눈물이 감은 눈꺼풀 사이로 비어져 나온다. 천천히 관자놀이를 타고 미지근하게 흐른다. 두 눈알을 태우는 듯한 뜨거움으로 보아 눈물의 색은 붉은색이어야 마땅하다. 놀라서 눈을 뜬다. 그러나 눈물은 그저 투명에 가까운 무채색으로, 베갯잇에 스며들어 별다른 흔적을 남기지 않는다. 관자놀이의 열에 눈물은 곧 마르고 꿈은 저 멀리 뒤로 물러난다.

그래, 그건 꿈이었다. 긴 여행 후 풀리지 않는 여독에 시달린 것처럼 몸 전체가 불쾌하고 불안하게 무겁다. 일어날 시간이다. 그런데 몸이 움직이지 않는다. 눈을 다시 떠본다. 어슴푸레한 빛 속에서 정우의 얼굴이 드러난다. 나는 방금 내가 머물러 있던 꿈을 그가 투명하게 바라보는 것 같아 그가 내 얼굴을 보지 못하도록 얼굴을 가리려고 팔을 든다. 팔이 제대로 말을 듣지 않는다. 그런데 사방이 흰색인 것으로 보아 병원인 모양이다. 갑자기 심장이 무섭게 뛴다. 병원이면?

정우가 내게로 다가와 손을 잡는다. 나는 놀라 이제는 또렷이 정황이 짚어지면서 그의 얼굴에 대고 외친다. 여기가 어디야! 아기한테 무슨 일이? 무슨 말을 하는지도 모르게 성급히 두서없이 외쳐보지만 소리가 목에서 새 나가지 않았다. 이렇게 간단한 말인데 그와 나 사이에 두꺼운 대기층이 대화를 막는 것 같았다. 그는 나의 손을 더 힘주어 잡을 뿐이다. 자동적으로 링거 바늘이 꽂혀 있지 않은 내 손은 배를 쓰다듬는다. 아직은 아무런 이상이 느껴지지 않는다. 몸의 어디가 아픈지 콕 집어 알 수 없을 정도로 사방이 두들겨 맞은 것처럼 통증으로 뻐근했다. 설마…… 아니겠지. 나는 감히 단어를 발설할 용기도 가지지 못한다. 그런 일이 설마 바로 내게, 불쌍한 나 같은 사람에게 일어난 것은 아니겠지. 나는 까무룩 다시 잠 속으로 빠져들어 간다.

2

출장지에서 곧장 집으로 돌아왔어야 했다. 하룻밤 호텔에서 묵는 것이 아니었다. 밤 기차를 타고라도 파리로 돌아왔어야 했다. 이상할 정도의, 저항할 수 없는 피로감. 중요한 거래가 성사된 후의 팀원들의 이완된 분위기. 가끔 우주적인 어떤 악한 기운이 개인의 삶에도 영향을 미치듯이 나는 그와 비슷한 어떤 것의 영향력 안에 있었음에 틀림없다. 그녀 또한. 그녀가 있던 곳에서 더 강한 공격을 받은 것이다. 무엇인가가 준비되고 있다, 고 나는 느꼈다. 내 추정이 맞다면 사건은 내가 출장지에 있던 날 오후에서 저녁 사이 일어났다. 정확한 시간은 차차 알게 되겠지. 거의 유사한 시간에 서로 다른 공간에서, 나 또한 밑으로 잡아끄는 어떤 힘에 이끌렸기에 그 사건은 일어났다. 그날, 나를 사로잡은 무기력증은 특기할 만한 것이다. 무엇인가에 등이 떠밀려 우리는 결국 피곤을 핑계로 출장지에서 하룻밤 머물기로 결정했다. 새벽에 팀원들과 출장지인 리옹을 떠나 출근 차량들이 밀리기 전 파리에 도착했다. 그러나 집에 들르지는 않았다. 하룻밤 집을 비우는 것은 이곳에서 내가 맡은 기술개발 부서의 성격상 비교적 자주 있는 일이었다. 새롭게 개발된 보안 상품을 소개하는 것이 나의 일이니……. 유럽 내에서의 이동은 물론 중동 출장도 잦은 편이다. 그러나 그날은 무언가 느낌이 달랐다. 무언가 특별한 일이 있었다고, 그 특별할지도 모르는 무엇을 핑계로 대고 싶었지만 사실을 들여다보면 매우 기이한 불안감이 나를 지배했던 것을 알 수 있다. 새로운 시작은 늘 불안감을 동반하니 새로운 무엇이 기다리고 있다고 해도 좋겠다.

파리에 도착해서도 집에 들르는 대신 팀원들과

카페에서 출근 시간을 기다렸다. 그날 나는 네 쪽의 보고서 작성을 간단히 끝내고 집에 갈 수도 있었다. 그런데 그러지 않았다. 갑자기 전화를 걸어온 팀장의 점심 제안을 수락했다. 그는 건성으로 출장 보고를 들었고 채 2분도 지나지 않아 다른 이야기로 주제를 옮겨갔다. 그는 내 아내의 임신 소식을 싱겁고도 뒤늦게 축하하며 화제를 파리에서 클라리넷 영재로 자라고 있는 자신의 딸 자랑으로 돌렸다. 팀장의 딸은 음악적 재능이 있을 뿐 아니라 예쁘다. 그 가족이 파리로 발령을 받아 두 번째 팀을 시작하는 것은 우연이 아니다. 딸이 하늘이 돕는 영재이기 때문인 것 같다. 딸은 착하다. 딸은 세련되었다. 아무도 열여섯이라고 보지 않는다. 벌써 명실공히 마드모아젤이다. 열여섯의 딸은 파리에서 국제적인 클라리넷 연주자로 성장할 것이다. 열여섯에 벌써, 겨우 열여섯 살일 뿐인데 딸은 벌써 국제 무대에 선 경험이 있다.

　팀장이 여러 번 반복한 열여섯이라는 숫자가 불안과 조바심을 불러일으켰다. 그 숫자가 내게 특별한 의미를 지니지 않음에도 불구하고 누군가가 그 숫자를 통해 나를 깨운 것 같았다. 너, 뭐 하고 있는 거니? 나는 마침내 전날 저녁부터 나를 사로잡은 그 이상한 기운에서 빠져나왔다. 그 뒤에 팀장이 무슨 얘기를 했는지는 기억에 없다. 나는 그 이상한 무기력증에서 깨어났다.

점심을 끝내고 사무실로 돌아오자마자 집에 들러야 한다는 강한 기운에 떠밀려 조기 퇴근을 했다. 그 어떤 기운에 대해 설명하라면 할 말은 없다. 그것은 말로 설명되지 않는, 그러나 매우 구체적인 어떤 느낌이다, 느낌을 넘어선 어떤 명령. 나는 이것이 무엇인지, 언제 이런 현상이 나를 사로잡는지 어렴풋이 알고 있다. 내 삶에서 가끔 발동되는 어떤 직감이 나를 집으로 가게 했다고 말할 수 있겠다. 누가 내게 '가라'고 말하지는 않았지만 나의 마음에 그렇게 하지 않으면 안 될 어떤 절실함이 있었다. 나의 행보를 방해하는 것이 있었다면 그것이 무엇이건 간에 1초도 지체하지 않고 제거했을 정도의 절대 명령.

차에 오르면서 그녀에게 전화를 걸었다. 오후 시간에 그녀가 무엇을 하는가, 를 궁금해할 것도 없다. 오래 살다 보면 상대방과 교류하게 된다. 화요일이었으니 동네 구립도서관에 들렀다가 한두 가지 저녁거리를 구입하고 귀가했을 시간이었다. 그녀가 집에 혼자 있을 때는 점심을 먹지 않는다는 것을 안다. 결혼하고 직장을 그만두면서 생긴 습관이라고 했다. 늦은 아침과 저녁이 다다. 도서관에서 누구를 만났겠지. 이제는 제법 안면을 튼 이웃들이 생겼다고 했다. 새로 들어온 책 중에 그녀의 관심을 끄는 것이 있어 지체했을 수도 있다. 문자를 보냈다. "집에 가는 중". 답이 없었다. 가끔 그러듯이 영화관에 혼자 가서 앉아 있을 수도 있다.

억지로 나 자신을 안심시키려 애쓰며 집에 도착했을 때에야 내 등을 떠밀며 엉뚱한 시간에 귀가하게 한 그 느낌의 정체를 감지했다. 파국의 느낌. 무언가 어두운 구덩이로 이끌려 들어가는 느낌. 왜 그랬는지 나는 엘리베이터 대신 층계를 택했다. 본능적으로 매 층의 복도를 두리번거렸다. 그렇다고 누구를 딱히 찾고 있는 것도 아니었다. 빠르게 두 발을 움직였다. 5층 복도에 이르렀을 때, 클로즈업된 것처럼 분명하게, 문에 끼어 있는 슬리퍼 한 짝을 보았다. 저것은…… 그 이상한 S의 습관 아닌가. 이제는 우리 모두를 길들인 S만의 습관. 그러나 설마…… 아니면 상미의 짧은 외출? 우리의 친구들까지 잠시 외출할 때 문을 잠그지 않으면 될 것을 S처럼 종종 신발 한 짝을 끼워놓을 때가 있다. 곧 올게, 하는 표시로. 그러나 이 나라에 온 이후 우리의 그 습관은 사라졌다. 모든 게 생소한 나라에서 살다 보니 방어심이 생겨 문을 꼭꼭 잠그고 살았다.

상미는 S나 다른 친구의 방문에 대해 얘기하지 않았다. 물론 그녀가 늘 나에게 보고할 필요는 없다. 우리가 S에 대해 얘기를 하지 않기로 암묵적 합의가 되어 있기는 해도 그와의 일이라면 간단한 정도의 정보를 주는 일은 우리 사이에 상식이 아닌가. 친구의 집을 방문하면 꼭 하나를 흘리고 가는 S의 버릇. 어릴 때 숙제를 하러 집에 올 때면 필기도구 하나라도 잊고 가는 그의 습관. 우리들 모두에게 이상한 풍습처럼 퍼졌던 어렸을 때의 습관들. 그러나 커가면서, 어른이 되어서도 여전히 S는 그 습관을 버리지 못했다. 그 습관은 진화해 하찮은 선물들로 바뀌기도 했다. 이상한 모양의 스티커나 벽에 던지면 모양이 변하는 물렁한 동물들…… 내가 구름샘을 떠날 때 그런 물건들로 상자 두 개가 가득했었다.

문이 닫히지 않도록 문 사이에 끼워놓은 슬리퍼 한 짝. S가 집에 왔다. 그리고 문을 열어놓고 떠났다. '어쩌다 들렀어. 다시 올게' 하는 전언. 서두르지 않으려고 천천히 층계를 올랐고 고개를 갸우뚱하며 문을 살짝 열어보았다. 문 사이에 낀 이 신발을 그녀는 왜 그대로 놔두었을까. 문을 밀치고 들어갔다. 그리고 보았다. 먼저 눈에 띈 것은 의도적으로 배터리가 분리되어 바닥에 버려져 있는 핸드폰이었다. 식탁에는 유리컵 두 개. 바닥에 널브러져 있는 상미의 실내화와 찢긴 선물 포장지와 소형 상자. 그리고 다탁 위와 아래에 한 짝씩 놓여 있는 자그마한 흰색 신생아용 양말을 보았다.

바로 그때부터 심장이 무섭게 뛰었다. 상미는 어디에? 침실 방문을 열고 안으로 들어갔다. 아무렇게나 내던져진 것처럼 침대에 널브러져 있는 그녀는 이미 죽은 것처럼, 푸른빛이 감돌 정도로 창백한 얼굴이었다. 입술에조차 핏기가 없었다. 맥박을 짚었다. 겨우 약하게 뛰고 있었다. 언제부터 그녀는 이렇게 누워 있는 걸까. 코 밑에서 미약하게 호흡의 기운이 느껴졌다. 그녀는 혼절한 듯 의식 없이 누워 있었다. 아니 죽어가고 있었다.

그제야 침대 근처의 바닥에 흩어져 있는 알약들이 보였다. 약병은 보이지 않았다. 머리에는 어떤 질문조차 떠오르지 않았다. 단 한 가지 생각만 반복적으로 떠올랐다. 이대로 상미가 죽으면 절대로 안 된다는 생각. 구급차를 불렀고 차를 기다리며 나는 그녀의 몸을 들어 옷을 갈아입혔다. 구급대원이 그녀를 옮겼으며 서둘러 챙긴 소지품 가방을 들고 구급차 침대 옆에 앉았다. 심장박동기의 그래프는 불규칙했다. 다행히 그녀의 심장은 뛰고 있으며 그것이 그녀가 아직 이 세상에 남아 있다는 것을 알려주었다. 나 대신 울부짖는 것처럼, 길을 막는 차량을 호령하는 것처럼 초조감을 배가시키며 반복되는 사이렌 소리에 집중하며 그녀를 구해달라고 기도하는 수밖에 없었다.

그녀의 호흡이 정상으로 돌아오는 데는 3일 이상이, 그녀 몸 안의 독소가 완전히 제거되는 데는 일주일 이상이 필요했다. 의사는 상당량의 진통제를 투약하고 있었다. 그녀가 수시로 고통을 호소했기 때문이다. 우선 아내의 고통을 멈추게 해주십시오. 나도 동의했다. 의사는 여러 군데의 타박상에 대해 알 수 없는 전문 용어를 섞어 얘기했다. 상처를 남기지 않는 전문범의 소행으로 보일 정도로 교묘한 부위를 공격했을 것으로 추정했다. 뒤통수 쪽에 큰 멍과 쉽사리 가라앉지 않는 혹을 남긴 강한 충격에도 치명상을 입지 않은 것도, 지금과 같은 속도로 환자가 회복되는 것도 거의 기적이라고 했다. 나는 그 말들을 유심히 듣고 마음에 담아두었다. 이런 일이 처음이 아닌 듯 얘기하는 의사의 말을 듣고 있자니 충격과 두려움이 몰려왔다.

독소가 제거되면서 그녀의 의식이 조금씩 되돌

아왔고, 차차 나를 알아보았다. 그녀가 제일 먼저 한 행동은 링거에 연결되어 있지 않은 팔로 얼굴을 가리는 일이었다. 눈이 부신 것처럼. 혹은 창피한 것처럼. 다시 팔을 내렸을 때야 그녀 입에서 소리가 흘러나왔다.

"여기가 어디야? 내가 왜 여기 있지?"

눈을 크게 떴고 몸을 일으키려 했지만 목소리는 나오지 않았고 겨우 입 모양으로 알아차릴 정도였다. 그녀의 몸은 마음대로 움직여주지 않는 듯했다. 아무도 대답하지 못했다.

"롤로는?"

아기의 태명이었다. 그녀는 본능적으로 아직은 이렇다 할 임신의 표시가 나지 않는 배를 만지며 안심하는 기색이었다. 몸을 움직일 때마다 그녀는 신음했다. 그녀는 오래 깨어 있지 않았다. 진통제가 그녀를 다시 깊은 잠으로 몰아넣었다. 이후 그녀가 다시 깨어났을 때 소식을 들은 담당 의사가 우리를 보러 왔고 건조하고 상투적인 목소리로 내게 상황을 설명했다. 그녀와 나는 중요한 결정을 내려야 했다. 그러나 사실 결정할 사항은 아니었다. 유산 외에 다른 방법이 없었다. 다만 수술의 방법만 결정하면 될 일이었다. 그녀가 살아났다. 그리고 겨우 3개월을 넘긴 롤로가 떠났다. 그녀를 대신해서. 나는 이 생각을 떨칠 수가 없었다. 10년을 기다려 우리에게 왔던 아기가 죽었다. 롤로라는 태명 이외의 이름을 부여받지 못하고, 따사하고 어두운 양수의 궁전에서 아기의 영혼은 하늘로 직진했다. 엄마의 배 속에 이제 겨우 형체를 가지기 시작한 앙증맞은 작은 육체만 남았다. 영혼은 이미 떠나버린 그 육체의 처리 방안을 결정해야 하는 것이다. 의사가 빠른 속도로 말하는 프랑스어 전문 용어는 하나부터 열까지 우리에게 생소했다. 사전을 찾아가며 우리말로 번역하니 더욱 어둡고 음험했다. 소파 수술이라니. 뜻이 안 잡히는 프랑스어 단어의 추상성이 차라리 나았다.

그녀의 완전한 회복은 누구도 단언할 수 없었다. 기억력이 약화될 수 있다, 어쩌면 발음이 어눌해질 수도 있다, 혹은 우울증을 겪을 수 있다……고 의사는 말했다. 약물도, 심한 강도로 추정되는 구타도 유산의 원인은 아니었다. 아기는 엄마의 배 속에서 자리를 잘 잡지 못했다. 자주 있는 일이라고 의사는 여러 번 말했다. 다소간 늦은 첫 임신, 약해진 건강, 임신중독증의 가벼운 증상…… 모든 의학적 설명은 그녀나 나를 위로하지 못했다. 산부인과 의사로부터 익히 들었던 위험들이었다. 받아들이기 어려운 것은 이것이 바로 그날, S가 다녀간 그날 일어났다는 것이었다.

그녀의 건강은 다량의 수면제가 투여되었음에도 불구하고 다행히 신체 부위의 마비까지 가지는 않을 것 같다고 했다. 그녀가 죽음에 방불한, 첫 단계 해독의 며칠을 지나는 동안, 나는 확실한 증거를 찾는 데 집중했다. S가 집에 들렀다. 완연한 폭력의 흔적이 있다. S가 누군가에게, 그것도 그녀에게 폭력을 행사하는 것을 상상하기는 쉽지 않은 일이다. 그렇다면 S 말고 누가 문에 신발 한 짝을 끼워놓을 수 있겠는가. 그녀가 했겠는가. 그 외에 특기할 만한 흔적은 없다. S의 손이 닿

앞을 선물 포장지와 작은 상자. 그것이 S가 가져온 선물이라면. 두 개의 컵. 그녀와 집에서 음료를 마신 것이 S라면. 그리고 그녀가 누워 있던 침실의 침구들이 있다. 대체 무슨 일이 일어났던 걸까. 그러나 나는 그녀에게 자초지종을 묻지 않기로 한다. 의사는 아직도 정상의 컨디션을 회복하지 못한 그녀에게 심리적 불안감을 줄 만한 질문을 삼가달라고 했다.

S가 집 안에 들어온 이후의 행동반경을 시간 단위로 추정하며 그녀와 S 사이에 있을 법한 일들을 재구성해본다. 파리의 외곽 도시는 대체로 안전하지 않아서 이 아파트에 정착한 지 얼마 되지 않아 내가 직접 방범 렌즈를 장착했다. 그건 방문객의 전신이 잡히는 특수 렌즈다. 그녀가 어떤 방식으로 S를 집으로 오게 했는지를 알 수 있는 단서는 없다. 서로의 전화, 서로의 이메일은 우리에게는 넘어서는 안 되는 개인 영역이다. 자주 이용하지는 않지만 그녀가 두세 개의 이메일 주소를 가지고 있는 것을 알고 있다. 알 수 없는 것을 궁금해하지 않는 것, 이것이 우리 둘 사이에 자리

잡은 원칙 중의 하나이기도 하다. 식탁에 놓여 있는 두 개의 유리컵에서 침대에 널브러진 그녀의 모습에 이르기까지의 과정을 추정하기에는 너무도 많은 빈칸이 있다. 그녀가 S와 공유한 시간은 어디까지인가.

그 뒤에 무슨 일이 일어났던 것일까. 결과적으로 확인할 수 있는 것은, 일어난 사건이 폭력 사건이라는 것이다. 증거품이리라고 추정되는 것은 모두 비닐 팩에 분류해두기로 한다. 장갑을 끼고, S의 지문이, 타액이 묻었을지도 모르는 식탁 위의 컵 두 개, 누구 것인지 알 수 없는 바닥의 머리카락 몇 올, 찢긴 선물 포장지를 상자 안에 넣었다. 작은 증거물이라도 있을까 나는 거의 바닥을 손으로 쓸며 거실에서 화장실로, 화장실에서 서재로 거기서…… 침실까지 훑는다. 침실에 있는 모든 것을 대용량 쓰레기 비닐봉지에 나누어 넣는다. 그녀에게는 아무것도 묻지 않을 것이다. 모든 것을 남아 있는 흔적으로부터 재구성해낸다. 그다음에는? 무엇을 한다? 천천히 생각할 것이었다. 차차 생각해볼 것이다. S와 연관된 모든 일에서 늘 그랬듯이.

사흘의 시간은 내게 결코 충분치 않았다. 우리가 살고 있는 C시에서 남쪽으로 약 40분의 거리에 과학수사연구소가 있다는 것을 나는 알아냈고, 전화를 걸었고, 자신을 연구원이라고 소개한 한 사람과 약속을 잡았다.

내가 가져간 증거품들을 살펴본 담당자는 내가 현장에서 채취한 것을 다 두고 가기를 원했다. 원하는 검사에 따라 다르나 전체를 다 의뢰할 경우 비용이 만만치는 않을 것이다. 내가 원하는 것은 지극히 간단한 것이다. 신원을 추적할 수 있는 증거들. 일이 밀려 있어 시간도 상당 기간 걸릴 거라고 했다. 바쁠 것이 없다. 내게는 시간이 많다. 담당자는 물었다. 자, 그러면 당신이 알고 싶은 것은 무엇인가.

중요한 질문이다. 그래 나는 무엇이 알고 싶은가. 나는 더듬더듬 얘기한다. 한 남자가 가장의 부재를 확인하고 의도적으로 혼자 있는 여자를 방문했다. 그 남자는 면식범—자연스럽게 이런 용어가 떠올랐다—이다. 그가 무엇을 했는지는 알 수 없다. 아마도 폭력을 행사했을 것으로 추정되는 정황이 있다. 아니면 이 사람 외에 다른 방문자들이 있었을까. 어떻건 그 방문객은 집 안으로 들어왔고 다음 날 가장이 도착하기 전 집을 떠났다. 이 방문객이 얼마나 집 안에 머물렀는지를 알 수 있는 방법이 있을까? 이 물건들로 시간의 경과를 추적할 방법은 없는가. 집 안에는 방금 가져온 물건들이 여기저기 어질러져 있었다. 여자는 실신 상태였고, 상당량이 투입된 듯 약이 침대 주위에 흩어져 있었다. 이 약 복용이 자의에 의한 것인지 타인에 의한 것인지 알 수 있는 증거를 찾을 수는 없을까? 중요한 세부를 덧붙이자면 여자는 임신 중이었다. 여자는 병원으로 옮겨져 해독 치료를 받았고 그 과정에서 유산을 확인했다. 나는 이런 식으로 사안을 조금씩 비틀어 설명하고 있는 나 자신을 차갑게 들여다본다.

이내 나는 머릿속에 부유하는 이 생각들을 지우고 연구원에게 짧게 설명한다.

집 안에 외부자의 침입이 있었어요. 아내와 내가 잘 알고 있는 친구의 방문이 있고 난 직후에 벌어진 일이라고 추정됩니다. 침입자가 혼자였던 것 같지는 않아요. 폭력 행사가 있었고 지금 아내는 입원해 있습니다. 아내에게 해를 입힌 그 침입자에 대한 흔적을 찾아주시면 됩니다.

담당 연구원은 조금은 당황한, 그러나 난감한 표정을 짓고 바라보았다. 고개를 갸웃하고 회의적으로 어깨를 으쓱하면서 젊은 연구원은 말한다. 그의 얼굴에는 복잡한 사건에 말리고 싶지 않다는 듯한 표정이 드러나고, 한 걸음 뒤로 물러난다. 그는 머뭇거리며 말한다. 이건…… 범죄 사건 아닌가. 우리 연구소에서는 요청한 대로 물건들에서 나오는 사람의 신원을 밝힐 수 있는 지문이나 DNA를 추출할 수 있을 뿐이다. 그래도 의뢰할 것인가, 고 물었다. 의뢰인은 왜 경찰에 신고하지 않는가. 비용도 줄일 수 있고 결과도 신속할 텐데…….

그에 대해서 나는 침묵했다. 나는 나의 요청사항을 다시 한 번 반복했고, 담당자는 결과가 나오면 연락을 취하겠다고 했다. 필요한 정보가 나오면 비용이 지나치게 소요되지 않도록 배려해주겠다고도 했다.

　그렇다, 나는 무엇을 원하는 것인가. 도대체 누가 그녀가 저 지경이 되도록 폭력을 가했으며 무슨 목적으로, 말할 필요도 없이 강제로, 다량의 수면제를 투약했는가. 당연히 경찰에 신고해야 한다. 그러나 그녀도 나도 그럴 수 없다. 이 일들이 일어나기 전에 S가 들렀기 때문이다. S가 개입되어 있을지도 모른다는 이유 때문에 우리는 아무것도 할 수 없다. 일어난 일의 정황, 그녀가 당한 폭력의 흔적들이 S와는 너무 동떨어져 있지만 사건은 S가 그녀를 만나러 아파트에 온 그날 일어났다. 의사의 요청이자 명령이니 아직도 정상의 컨디션을 회복하지 못한 그녀에게 심리적 불안감을 줄 만한 질문을 삼가기로 한다. S에 관한 한 더 물을 것도 없다. 사실 그에 관해서라면 이미 나는 모든 정보를 가지고 있다.

　내가 정말 알고 싶은 것은 무엇인가. 확실한 건 이 모든 일을 S가 저질렀기를, 한 번 더 나와 상미 사이의 삶의 균열의 책임을 S에게 돌리고 싶다는 것 뿐이다. 그 때문에, 그로 인해, 그의 잘못으로,

그의 침묵으로 모든 일이 어긋나기 시작했다는 것을 증명하고 싶은 것이다. 마치 S가 의도를 가지고 폭력배를 끌고 상미 혼자 있는 집 안에 스며들어오기라도 한 것처럼, 마치 S가 롤로를 유괴해가기 위해 집 안에 잠입하기라도 한 것처럼.

귀가하자마자 나는 구석구석 집 안을 청소했다. 아쉬울 것은 아무것도 없다. S가 사건이 일어난 날 집에 들렀기에 우리가 할 수 있는 것은 아무것도 없다. 물청소로 모든 흔적을 지워도 아까울 것은 없다. 그러나 물청소로 지울 수 있는 것에는 한계가 있다. S에 관한 것이라면 그를 곤란한 처지에 놓이게 할 수 있는 무수한 증거를 우리는, 아니 나는 이미 가지고 있다. 넘친다. 여러 거짓 증거를 대며 여러 죄를 덮어씌워 그를 매장시킬 수도 있다. 그러나 내가 청소를 하는 것은 혹시 일어날 수도 있는 조사에 대비해 S를 보호하기 위해서가 아닌가. 나와 상미가 이번 사건에 대해 어떠한 공적인 행동을 취할 수 없는 이유는 바로 그날 S가 우리 집에 들렀기 때문이다. 그럼에도 불구하고 S를 완전히 우리의 삶에서 몰아낼 수 있는 아주 좋은 기회가 아닐까. 그러나 그 상상은 더 진전되지 않는다. 그건 상상이고 나는 집 안에서 그가 집에 들른 모든 흔적을 확실하게 지우는 일에 몰두하고 있을 뿐이다. 어느 것이 더 진실에 가까운가. 행동보다 더 분명한 것은 없다. 나의 저 깊은 곳에서는 그가 어떤 일로도 곤란에 처하는 것을 막고 싶은 것이다. 이것이 내가 인정하고 싶지 않으나 사실인 나의 행동이다.

바닥이 빛날 정도로 물걸레 청소를 하고 나는 그만 주저앉는다. 다탁 위에 정리해놓은 S가 가져온 아기 선물만은 치우지도 버리지도 못했다. 그것이 있는 이상 나의 모든 부산한 행동은 아무 의미가 없다. 지상에 발을 붙이겠다는 듯 작고 앙증스러운 양발을 디디고 일어날 듯한 흰색 아기 양말 한 켤레에서 시선을 떼기가 어려웠다. 다탁 위에 올려놓고 양말을 집어 올려 손으로 비벼본다. 포근한 재질로 짠 양말을 두 손으로 감싸 안고 나는 그만 오열하고 만다. 대체 우리에게 무슨 일이 일어난 것일까. 결과적으로 보면 그 누군가가 조준한 이번의 목표는 우리가 아니라, 그녀, 그녀가 아니라 아기였다. 롤로의 떠남으로 나와 그녀는 다시 한 번 원점으로 돌아왔다. 한 가지 확신이 내 머리에 스쳤다. 이 양말을 신은 아기를 가질 자격이 내게는 없다. 그래서 이 일이 일어났다, 는 확신.

그 확신과 함께 강렬하게 내 마음은 S를 향해 달려가고 있다. 오랜만에 느껴보는 감정이다. 오랫동안 거부하고 부인하고 가두고 삭제해버린 그 감정이 심장의 틈 사이로 비어져 나오더니 점점 만개하는 꽃처럼 나를 온통 사로잡았다. 나는 속수무책으로 오열인지 흥분인지 알 수 없는 상태로 꼼짝 않고 바닥에 엎드려 있었다. S를 만나 모든 것을 얘기해야 한다는 절박함이 그를 보고 싶은 그리움으로 변했다. 그는 이해하리라, 그는 용서하리라. 그가 용서하면 상미도 용서하리라, 는 기대가 잠시, 아주 잠시 나를 사로잡았다.

내가 S 앞에 선다면 우리가 예전에 그랬듯이 내 가슴은 뛸 것이다. 반가움과 두려움으로. 두려움과 반가움으로. 우리가 만나지 못한 지 10년이 넘었다. 그는 나를 알아보지 못할지도 모른다. 내 얼굴은 변했다. 그러나 나는 그의 모습을 잘 알고 있다. 그가 경영하는 작은 건설회사의 홈페이지에는 가끔 그가 참여한 행사의 사진이 올라올 때가 있다. 제의처럼 한 달에 한 번씩 들여다보는 그의 모습 앞에서, 나도 모르게 그의 이름을 부르는 순간이 있다. 그러나 지금까지 잘 절제해온 나의 심장은 오늘 나를 강타한 확신으로 단번에 터져버린 듯하다. 뒤늦기는 하지만 나는 S에게 갈 수 있을 것이다. 그가 우리 집을 방문했듯이, 나도 아무렇지도 않게 그의 사무실 앞에 서서 문을 두드릴 것이다. 그렇다고 롤로가 되돌아오지는 못할 것이다.

나는 마비된 다리를 주무르며 바닥에서 일어났다. 두 손 안에 가두고 있던 양말을 다탁의 물건들을 정리해두는 바구니 속에 가지런히 펴놓았다. 시간이 되었다. 상미를 돌보러 병원에 가야 할 시간이다.

3

집으로 돌아왔다. 열흘 만인가. 아니다. 두 주도 넘게 시간이 흘렀다. 침대에서 일어나 걸어본다. 몸은 가볍고 통증은 줄었지만, 당장이라도 바닥에 주저앉을 것처럼 다리에 힘이 없다. 그래도 뼈근하던 사지의 통증은 완연하게 줄어들었다. 이제는 정상으로 돌아와 허탈하게 빈 배를 쓰다듬어본다. 아기가 떠났다. 우리는 살아남았다. 아기는 어딘가에서, 이곳보다 더 좋은 곳에서, 배 속의 자궁보다 더 맑고 밝은 곳에서 건강하게 잘 크고 있을 것이다. 아기의 태명대로 그는 하늘로 갔다. 스페인 여행 중에 하늘이라는 뜻의 씨엘로라

는 단어를 정우가 참 좋아했다. 그가 좋아한 기타
리스트의 이름이기도 했기에 아기에게 그 이름을
주었다. 자연스럽게 씨엘로는 롤로로 짧아졌다.
롤로가 더 예쁘다고 한두 번 반복하더니 아기 이
름이 되었다. 그렇게 먼 곳의 장소를 아기 이름으
로 짓는 것이 아니었는데……. 그러나 다시 생각
하면 그 이름을 잘 지었다. 그곳에서 아기는 필요
한 모든 것을 공급받으면서 잘 자라 언젠가 나를,
우리를 만날 날을 기다리며 눈부신 모습으로 성
장해 있을 것이다. 누군가가 나를 위로하려고 이
확신을 주었다. 육체적 고통이 잦아드는 것과 반
비례해서 심장이 찢어지는 것 같은 마음의 고통
이 잇따랐다. 그러던 중 바로 이 생각이 섬광처럼
나를 스치더니 이내 심장에 뿌리를 내렸다. 그렇
지 않으면 이 빈 배를 안고 어떻게 이 스산한 날
들을 살아갈 수 있겠는가. 울거나 외치거나 원망
하지 않고자 안간힘을 쓴다. 대체 누구를 향해 외
치며 누구를 원망한단 말인가. 무슨 일이 일어났
던 것인지 아무런 기억이 없는데…… 뒤통수를
내리치던 강한 충격과 내 몸에서 터져 나온 외마

디 소리 외에는 아무 생각도 나지 않았다. 그 이상하게 들떴던 시간, 포근하고 안온하게 손 안에 들어오던 신생아를 위한, 정말 너무도 앙증맞게 작은 흰색 양말 한 켤레를 만지작거리고 있던 시간의 전후를 수십 번도 더 되짚어보았다. 그러나 아무리 떠올려봐도 그 이상의 새로운 사실은 하나도 없다.

부엌으로, 창가로 걸음을 떼어본다. 집 안은 내가 청소한 것보다 더 깔끔하게 치워져 있다. 그가 한번 청소를 시작하면 이렇게 된다. 완벽하다. 이것은 청소가 아니라 마치 증거 인멸 같다. 나는 그 동기를 가늠한다. 창가로 걸어가 본다. 병원에서 자주 나를 사로잡던, 창문으로 뛰어내리고 싶은 충동은 사라진 것 같다.

파리 외곽의 신생 소도시. 여남은 채의 그리 높지 않은 아파트 건물들이 모여 있는 주거지의 5층에서 커튼을 잡아당기면 흰색, 회색의 건물 사이로 작은 공원의 한 자락이 보인다. 창문에서 보면 가까워 보이지만 약 15분을 걸어야 공원에 갈 수 있다. 도서관도 영화관도 식품점들도 모두 그 주변에 몰려 있다.

이제는 그곳까지 숙제하듯 하루에 두 번씩 왕복 운동을 할 필요가 없다. 매일 두 번씩 규칙적으로 걸으면 아기가 그만큼 자랄 것처럼 지난 석 달 열심히 공원까지의 산책에 매달렸다. 아침이 되면 대부분 이 도시의 주민들은 파리 지역의 직장으로 일찍부터 몰려 나갔다가 늦은 밤이 되어 잠을 자러 다시 몰려든다. 그 사이 도시는 텅 빈다. 주말이 되면 부산하게 오락거리를 찾아 밖으로 빠져나가기에 바쁜 사람들, 롤로가 없는 지금 이 도시의 여름은 점점 더 을씨년스러워진다. 모두들 바캉스를 떠나는 계절, 도시는 황량하게 빈 광장이 된다. 두 번째 맞는 이 도시 사막이 이번에는 그리 싫지 않다. 사막의 황량함이 나의 상태에 적합하다.

폭풍이 다가올 것처럼 구름들이 빠른 속도로 몰려 어디론가 이동한다. 이 도시의 하늘에 떠 있는 구름은 왜 이리 차가운가. 공원 주위에는 자귀나무가 줄지어 가로수로 심겨 있다. 왜 이 땅의 자귀나무는 가지가 굵고 뻣뻣할까. 왜 바람에도 겸손하게 가지를 구부리지 않는가? 구름샘의 자귀나무는 다르다. 소밥나무라고도 했지만 신혼 살림집 앞에 심던 나무라서 웬만큼 큰 집의 안마당에서 심심치 않게 볼 수 있었던 정다운 나무였다. 이 나무 이름이 생각나는 것은 중요한 표시다. 사건에 대해 아무 생각이 나지 않는 것은 의사가 우려한 것처럼 기억력이 감퇴했기 때문이아니다. 해가 지면 잎이 서로 붙어 밤을 나며, 낮에는 잎이 다시 열린다고 해서 합환나무라고도 불린다. 부부 사이 좋으라고 심는 자귀나무. 어딘가 더 기름지고 동물성을 풍기는, 같은 종이지만 다른 이곳의 자귀나무를 스산한 마음으로 멍하니 오래 바라본다.

입원해 있는 내내 정우는 보호자라기보다는 보디가드처럼 묵묵히 의사의 지시에 따라 검사실에서 촬영실로, 초음파실에서 CT실로, 물리치료실에서 재활치료실로, 내가 앉은 휠체어를 이리저리 밀고 다녔다. 휴가를 낸 것일까. 눈을 떴을 때는 늘 그가 있었다. 그리고 뒤로 미룰 수 없는 결정…… 수술에 들어갈 수밖에 없었다. 배 속의 아이는 더 이상 숨을 쉬지 않았다. 아기가 엄마보다 아빠보다 더 일찍 떠났다. 3개월 넘게 엄마 배 속의 양수와 자궁 속의 안온한 어둠만 보다가 그가 온 하늘나라로 되돌아간 것이다. 상상력은 도움이 된다. 상상은 생명을 살리기도 한다. 나는 그것에 매달렸다. 그 생명체가 그를 만드신 분의 배려로 이곳보다 더 평화롭고 완벽한 곳에서 나머지 기간을 성장해 한 완성된 아기로 태어나 자라가고 있을 것이라고. 언젠가 우리를 만나기 위해 기다릴 것이라는 그런 확신이 없었다면 나는 미치고 말았을 것이다.

입원해 있는 동안 단 한 번의 병문안이 있었다. 병실을 조심스럽게 노크하는 소리에 나는 두려운 표정으로 정우를 쳐다보았다. S? 그러나 이내 안심했다. 그럴 리가 없다. 그가 나타나 어려움을 배가하지는 않을 것이다. S에 대해 그런 정도의 확신은 있다.

그가 말했다.

"마리옹이야."

그의 직장에서 시간제 통번역사로 일하는 마리

옹은 우리가 파리에 정착한 후 식사 자리를 같이
한 거의 유일한 외국인 친구다. 60대의 마리옹은
지금 거주하는 프랑스까지 합해 모두 네 나라에
서 살았다. 모로코의 유대인 가정에서 태어난 그
녀는 그의 할아버지를 따라 그리스의 코르푸섬으
로 이주해 살다가 미국으로 이민을 갔다. 아이들
이 그곳에 정착하자 냉장고 전문 기술자인 남편
의 퇴직과 함께 일자리를 찾아 파리로 왔다. 직장
을 수시로 바꾸고 도망가듯 이사를 하고 늘 언젠
가 어딘가로 떠날 것만 같은 정우의 삶의 양상이,
그만큼이나 이동이 많았던 삶을 살아온 마리옹
에게 친근감을 느끼게 했다. 그녀에 비하면 정우
의 변덕스런 이동은 아무것도 아니었다. 마리옹
은 여러 번의 이주의 과정에서 아버지와 동생의
죽음을 경험했기에 나의 고통에 민감한 반응을
보내왔다. 아이 셋을 키워 다 독립시킨 경험 많은
마리옹에게 나는 자주, 기억에도 없는 엄마에게
하듯, 엄마에게는 이렇게 해도 된다고 생각하는
대로 편안하게 기댔다.

　마리옹의 품에 머리를 묻고 나는 눈물도 나오

지 않는 마른 통곡으로 흐느꼈다. 그녀는 내 등을 쓰다듬으며 "쉿, 괜찮아, 괜찮아질 거야"를 반복했다. 나는 괜찮아지고 싶지 않았다. 이미 망가진 장난감을 다시 붙여놓으라고 떼를 쓰는 아이처럼 마리옹에게 매달렸다. 그저 등을 토닥거려준 것이 다였는데도 이 나이 지긋한 한 여인의 위로는, 눈물이 나오지 않는 발작적인 흐느낌을 마침내 멈추게 하는 기이한 효과가 있었다.

마리옹의 말대로 내가 괜찮아지지는 않았지만 더 나빠지지는 않았다. 심각한 우울증에 걸리거나 자살 충동을 행동에 옮기지도 않았다. 마리옹과 남편의 대화를 통해 나는 그가 직장에 사표를 냈다는 것을 알게 되었다. 이제 그는 더 멀리 어디로 가려는 것일까. 여기까지 왔는데. 또 어디로 가려는 것인가.

나는 S가 앉아 있던 소파에 앉아보고 서 있던 중에 뒤통수를 맞아 쓰러진 다탁 앞에 서서 눈을 감고 집중하여 기억을 모아본다. 무슨 일이 일어났던 것일까. 정우가 설명해준 것은 나의 기억보다 더 구체적이지도 않다. S에게서 선물로 받은 것이 눈에 띄지 않는다. 나는 아기의 양말을 찾는다. 텔레비전 옆, 리모컨 넣어두는 상자 속에 가지런히 정리되어 있는 양말이 보인다. 양말을 집어 든다. 보드라운 솜털에 싸인 병아리 한 쌍. 아주 어릴 적, 부모가 아직 옆에 있었을 그때 선물로 받았던 병아리는 며칠 살지 못했다.

양말 밑에 유리가 깨진 핸드폰이 놓여 있다. 그래, 다탁 위에 놓아두었던 핸드폰 쪽으로 손을 뻗었었다. 그러고는 블랙아웃. 그래 누군가가 뒤통수를 픽! 소리가 나도록 둔중한 무엇으로 강하게 내리쳤고 나는 외마디 소리를 지르며 쓰러졌다. 내 시선과 손이 동시에 다탁 위에 놓여 있던 핸드폰 쪽으로 이동했다. 그와 동시에 어떤 손이 나보다 먼저 그것을 집어 바닥에 내던졌다. 들리던 소리로 보아 세게. 마치 그것이 신호인 듯 그때 의식을 잃었던 것 같다. 정말이지 그 후에는 아무 기억이 없다.

그 직전의 정황은 세밀하고 선명하게 재구성할 수 있다. S에게서 메일이 왔었다. 갑자기 프랑스에 들를 일이 생겼다. 그는 내가 보고 싶다고 하지 않았다. '너희'가 보고 싶다고 했다. 나는 즉각적으로 이곳으로 출발하기 전에 있었던 S의 고열을 떠올렸다. 이메일 화면 앞에, 저편에 앉아 있는 S에게도 이 '너희'라는 단어가 끝내 원인이 밝혀지지 않았던 고열을 연상시킨 듯, 곧바로, 목적어 없는 청유형이 따라왔다. '보자', 고 했다. 나도 '그러자'고 했다. 이곳에 오기 전에 내게는 'S의 만류'이지만 정우는 'S의 방해'라고 부른 그 사건이 있은 후, 약 2년 만에 도착한 소식이었다.

정우가 파리 외곽의 출장지로 발령이 났고 떠나는 날짜가 결정되었을 즈음이었다. 그때도 정우에게 말하지 않고 S에게 그 사실을 알리러 갔었다. 그로부터 며칠 후 친구들을 통해 나는 S의 입원 소식을 들었다. 놀랍게도 환각을 동반한 S의 고열 중에 그가 부르짖으며 부른 이름은 정우, '정우 형'이었다. 놀라서 S가 입원한 병원으로 달려간 성호와 주혜는 S의 상태를 우리들에게 전했다. 이상하지, 고열로 횡설수설하는데 S가 조금도 더듬지 않더군. 정우에게 가지 말라며 뭐라고 설득하는데 무슨 말인지 다 알아들을 수는 없었어. 벌써 수년째 정우가 S와의 어떤 만남도 피하고 있던 즈음이었다.

나는 정우에게 부탁했다. S를 보고 떠나자고. 40도에 가까운 고열의 원인을 어느 의사도 찾지 못했다. 거의 한 달간 지속된 바이러스성 고열, 원인을 찾지 못할 때 나오는 진단명이었다. 정우는 마치 그렇게 하기로 결정이라도 한 것처럼 S의 소식을 듣고도 별다른 반응을 내보이지 않았다. 신혼여행에서 돌아온 날 정우가 제안하고 내가 동의한 것이 아직까지 지켜지고 있었다. S에 관한 어떤 소식도 공유하지 않는 것, 그건 우리 둘 사이의 일종의 계약처럼 되었다. S에 관한 한 각자 행동하자, 는 계약.

그러니 어쩌겠는가. 그때도 나 혼자 병원에 갔다. 위와 간에 부작용을 일으킬 정도로 떨어지지 않는 고열에 시달리는 S를 놔두고 떠나는 것이 힘들었다. 일주일 후로 다가온 출국 날짜를 나 혼자 뒤로 미루었다. 정우는 혼자, 먼저 떠났다.

S가 날짜와 만날 장소를 알려달라고 했을 때

나는 정우의 출장일, 그가 부재하는 날을 알려주었다. S에게는 자세한 사정은 얘기하지 않았다. 우리 세 사람이 함께 만나지 않은 지 오래되었기에 어쩌면 미리 그러리라 짐작하고 있었을 것이다. 낯선 곳에 잠시 출장 온 그의 편의를 위해 파리의 한 장소를 지정할 수도 있었다. 임신 3개월, 여행도 가능하고 이동도 자유로웠다. 그런데 나는 집 주소를 알려주었다. 나는 S에게 이 파리 외곽 도시에서의 나와 정우의 황량한 생활을 보여주고 싶었다. 이유는 잘 모르겠다. 우리가 늘 서로에 대해서 잘 알았던 그때처럼, 마치 그것이 다시 가능한 것처럼 일종의 투정처럼, 엄살을 부리듯 그에게 집에서 보자고 했다. 그의 메일의 어조는 건조했고 단순했으며 2년 전 우리가 파리로 떠나기 직전보다 훨씬 안정되어 보였다. 주소와 시간이 적힌 나의 답 메일에 그는 간단히 'O.K.'라고 보냈다. 그리고 한 줄 더. '임신 축하해!'

나는 아무런 감정의 개입 없이 S의 방문에 대해 정우에게 얘기할 준비가 되어 있었다. 나는 그에게 거짓말을 하고 싶지 않다. 그러나 그가 묻지 않는대도 나서서 말할 마음도 없다. 어느 날 우리가 자연스럽게 '우리'에 대해, 당연히 S가 포함된 우리의 지난 시간에 대해 얘기할 수 있을 때, 그때가 되어야 그가 유랑을 그칠 것이라는 것을 나는 알고 있다. 그렇다, 그가 묻지 않는데 나서서 문제를 만들 필요는 없다. 그가 퇴원하는 차 안에서 물었을 때 짧게 "S가 왔었다"고 말했을 뿐이다. 그는 "알아. 그 후에 무슨 일이 일어났는지 연구 중이야" 하고 말했다. 그렇다고 더 세밀한 정보를 요청하지는 않았다. 우리 둘은 각자의 동굴 속에서 연구 중이다. 대체 무슨 일이 일어났던 것일까?

나는 S의 메일에 답했고 그의 방문을 기다렸다. 예정된 시간보다 10여 분 일찍 벨이 울렸다. 정우가 설치해놓은 방범 렌즈에 그의 모습이 비쳤다. 한 손에 작은 상자를 들고 있는, 길게 늘어지고 허리께가 둥글게 옆으로 퍼진 변형된, 코믹한 모습이 렌즈에 잡혔다. 나는 그 모습을 몰래 보듯 집중해서 바라보았다. 그것으로는 아무것도 알아볼 수 없었다. 그는 웃고 있지 않았다. 약간의 긴장이 느껴졌다. 나는 그런 모습을 좀 더 바라보았다. 그의 상태는 어떠한가. 그가 두 번째로, 그리고 시간을 두고 세 번째로 벨을 눌렀을 때 문을 열었다. 안전 고리에 걸린 문이 인색한 각도로 열려 그의 모습이 반쪽만 드러났다. 나는 고리를 위로 올려 풀고 문을 활짝 열었다. 그는 집 안으로 들어왔다.

S는 긴 키를 접듯 느릿느릿 편안한 동작으로 낮은 소파에 앉았다. 다탁 위에 손에 든 작은 상자를 내려놓고 작은 실내를 무표정하게 훑어본다.

"저정우 혀형은?"

나는 없다는 뜻으로 고개를 흔들었다. 그를 긴장하게 한 것은 정우였다. 그의 표정이 미소로 풀리는 것을 바라보며 그가 내미는 상자를 받아 열면서 말한다.

"여기 사람들은 선물 받으면 그 자리에서 열어 봐."

상자를 두르고 있는 리본을 풀고 포장지를 뜯고 상자를 연다. 상자 안에 있는 것을 꺼내 펼치니 나비 날개를 닮은 작은 아기 양말이 한 켤레 들어 있었다. 따뜻하고 부드러웠다. 이걸 주려고, 축하해주려고 먼 곳까지 왔구나. 출장거리를 만들어서.

"기기쁘다. 딸이야?"

나는 모른다는 뜻으로 고개를 젓는다. S가 그렇게 말하니 진짜 딸인지도 모르겠다.

"그래 네 말대로 딸이면 좋겠다."

그는 씩 웃었다. 다음 달이면 초음파로 성별을 알 수 있다고 했는데…… S는 그런 일을 알아맞힐 자격이 있다.

나는 S 앞에 앉는다. 그는 내 얼굴을 살핀다. 나도 그를 깊이 들여다본다. 말 더듬는 그를 처음 본 날 나는 그를 이렇게 바라보았다. 말을 밖으로 내보내지 않으려고 안간힘을 쓰다가 생긴 그의 말더듬증. 나는 안다. 그가 침묵함으로 많은 사람들 사이의 갈등과 사건들이 같이 침묵으로 들어간다.

"나는 괜찮아. 너는?"

그는 어깨를 으쓱하며 큰 미소를 덧붙인다. 그

는 가슴 언저리를 두 손으로 번갈아 누른다. 그의
말더듬증을 돕기 위해, 증상이 있기 전에 저렇게
가슴 언저리를 쓰다듬으며 말했던, 그가 자주 인
용하는 책 제목을 그를 대신해 서둘러 해준다.

"고통은 내 인생의 친척."

잠시 침묵 후. 또 그를 대신해 그의 어조와 몸
짓을 흉내 내며 덧붙였다.

"쉽게 사라지질 않아."

그는 웃음을 터뜨린다.

"그래 그런데 너무 자주 쓰지 말자. 저작료 내
야 할지도 몰라."

"미미안해."

"우리 중 누구도 어쩔 수 없는 거야."

"어엄마가 될 너너를 보고 싶었어."

나는 아직은 눈에 띄게 둥글어지지 않은 배를
쑥 내밀어 S에게 보여주었다. 그는 소리는 내지
않고 입을 크게 벌리고 웃었다.

"이 아가가 우리를 많이 웃게 해주었으면 좋겠
어."

배를 살짝 북처럼 두들기며 나도 그처럼 활짝

웃었다.

어릴 때 우리 모두가 즐겨 부르던 노래를 흥얼
거리면서 내민 배에 손으로 장단을 맞추었다. 「평
화의 북소리」라는 곡이었다.

"그래. 아가는. 평화의. 사람이. 될 거야."

그는 음절을 끊으면서, 천천히, 더듬지 않으려
고 애쓰며 말했다.

S는 크게 하품을 했다. 긴 여행과 시차가 피곤
의 원인이겠지만 하품은 긴장을 풀었다는 증거
다. 구름샘의 우리들은 누가 먼저라 할 것 없이,
산이나 숲으로 놀러 가면 하품을 하곤 했다. 그
러다가 깜빡, 나무 등걸이나 숲속 빈터, 누군가의
무덤에 기대거나 누워 짧은 낮잠을 자곤 했다. 그
렇게 그는 소파에 기대 잠깐 잠이 들었다.

S는 오래 머무르지 않았다. 그는 시계를 보더
니 갑자기 일어섰다. 언제 귀국하느냐고 물어보
지도 않았다. 나는 그를 배웅하지 않았다. 그의
뒷모습을 보고 싶지 않았다. 잠시 후 다시 만날
것처럼 손짓으로 문 앞에서 인사하고 뒤돌아섰
다. 엘리베이터가 올라오는 소리, 이어 버저음과

함께 다시 내려가는 소리가 들리는 것을 보니 그가 친구들 집에 들를 때면 늘 장난처럼 하듯이 신발 한 짝을 문에 끼워놓았던 모양이다. 그가 완전히 떠났을 시간이 되어 문을 닫으리라. 그는 그저 발로 신발을 밀어 끼워놓는다. 오랜만의 그의 습관이 그날 유달리 정다웠는데…….

나는 S가 두고 간 선물 상자의 포장지와 리본을 가지런히 정리해 다탁 위에 올려놓았다. S의 방문이 내 마음을 편안하게 했다. 마치 그가 이곳에서 살아도 좋다고 허락이라도 해준 것처럼. 나는 아기 양말을 집어 들었다. 그 안에 들어갈 작은 발과 그 발이 받칠 작은 아기의 몸을 상상했다. 이 양말처럼 작고 부드럽지만, 곧 단단해져, 걸음마를 하고 걷고, 어디론가 무엇을 향해 뛰어갈, 성장하는 두 발을 생각했다.

나는 아무 소리도 듣지 못했다. S가 떠난 지 얼마의 시간이 흘렀는지도 알 수 없다. 아마 길어야 1, 2분. 뒤에서 둔중한 물건이 한 번, 두 번 뒤통수를 내리쳤다. 나는 쓰러졌다. 필사적으로, 본능적으로 다탁 위의 핸드폰 쪽으로 팔을 뻗었다. 어떤 손이 내 손을 쳤고 핸드폰은 저쪽 바닥으로 떨어졌다. 나는 까무룩 죽음 같은 어둠 속으로 하강했다. 반복적으로 나는 여기까지, 기억이 블랙아웃된 이 지점에 다다른다.

의사는 여러 군데의 구타의 흔적에 대해 얘기했다. 실제 허리 부근의 멍은 내 눈으로도 확인할수 있다. 누가 나를 때려눕히고, 누가 내게 다량의 강력 수면제를 투입했다. 내가 쓰러진 것은 분명 다탁 앞의 바닥인데, S가 떠난 후 누가, 왜 나를 끌어 침대에까지 옮겨온 것일까. 정우의 말을 믿어도 좋을까? 누가, 무엇 때문에 나를 공격한 것일까?

퇴원하며 집으로 오는 길에 나는 말했다. 정우는 이에 대해 입원의 긴 기간 동안 한마디도 묻지 않았다. 재활병동으로 옮겨 새 담당 의사에게 정우가 얘기하는 것을 들은 것이 다였다.

"S가 다녀갔어."

"알아."

"왜 이런 일이 하필 그가 다녀간 날 일어난 거지?"

"우리가 아무 대응을 못 하도록. 신고도, 고발도 할 수 없지. S가 난처해지잖아."

"어차피 난 그러고 싶지 않아."

"그래 어차피 우리가 할 수 있는 일이 별로 많지 않아."

다시 통증이 몰려오면서 나는 입을 다물었다.

"누군가가 있다가 떠나는 데는 이유가 있어. 그게 롤로일 때는 더더욱."

정우는 이 모든 말을 천천히, 솜처럼 부드럽게 말했다. 마치 자기 자신에게 하는 것처럼. 잠시 후 정우는 신음하듯 말했다.

"나 때문이야. 롤로가 떠난 건."

나는 침묵했다. 이유는 알 수 없어도 정우의 어조에는 설득력이 있었다. 그래, 네 말이 맞을지도 모르겠다. 그건 또 나 때문이기도 해. 롤로는 너나 나 같은 부모에게서 자라고 싶지 않았을 거야. 롤로가 우리 때문에 떠난 거구나. 그러나 이 무서운 속생각은 말로 되어 나오지 않았다. 정우의 옆얼굴은 돌처럼 굳어 있었지만 그 돌같이 굳은 얼굴은 울고 있었다. 놀라운 것은 내가 그를 차갑게 바라보고 있다는 것이다. 통증이 모든 감정을 먹어버렸다. 감은 눈 저쪽으로 영상들이 섬광처럼 뇌리를 스치고 지나갔다.

정우는 S가 떠나기를 밖에서 기다린다. 그는 이미 S의 방문에 대해 알고 있었다. 그는 기다린다. 집에 놀러 왔다가 떠날 때는 헤어지는 것을 아쉬워하듯 신발을 문에 끼워놓고 떠나는 S의 습관에는 변함이 없다. 열린 문을 소리 없이 밀고 그는 집으로 들어온다. 그는 S를 내리치고 싶었을 것이다. 그러나 그 자리에 내가 서 있다. 나와 S는 순간 동일 인물이 된다. 현관 입구에 놓인 야구 방망이—그는 한인 야구동호회 회원이다—를 집어든다. 내 뒤통수를 내리친다. 홀로 서서 S가 가져온 선물을 홀린 듯 바라보고 서 있던 사람은 S가 아니라 나였기에…… 환상처럼 떠오르는 허구의 장면들을 내쫓느라 머리를 흔들어도 환상은 환각으로 발전된다. 정우의 자리에 S가 슬쩍 미끄러져 들어간다. 엘리베이터가 다시 올라오는 소리를 듣지 못했다. 그는 층계로 다시 올라온다. S가 뒤에서 내 뒤통수를 내리친다. 분노가 응축된 괴력으로 내리친다.

도대체 왜? 나는 거칠게 고개를 흔들며 환각들을 단호히 몰아낸다. 한동안 약의 부작용으로 환상이나 환청이 생길 수 있다던 의사의 말이 그제야 생각났다. 입에서 거의 신음이 쏟아져 나왔다. 돌아본 정우의 얼굴에는 눈물의 흔적이라곤 없다. 돌처럼 굳어 있지도 않다. 방금 본 정우의 얼굴 또한 환각이었던 모양이다. 그에게서 몸을 돌려 창 쪽으로 돌아앉는다.

"아프니?"

"그래 내가 많이 아픈가봐. 미쳐가나봐."

"내가 이런데 너는 얼마나 힘들겠니. 생각하지 말자."

"정우야 나는 이제 여기서 더 못 살겠어. 여기는 바벨론 같아. 집에 가자."

"다 왔어."

"이 아파트 말고, 더 멀리. 구름샘."

정우는 반응하지 않는다. 그곳은 그가 갈 수 없는 곳이 되었다.

기억이 없는 것은 축복이다. 뒤통수의 통증만

기억에 남는 것은 위로가 된다. 그래도 나는 집 안을 천천히, 구석구석 점검해본다. 재활병동 의사의 지시에 따라 걷는 운동을 한다. 현관에서 침실까지, 부엌에서 화장실을 거쳐 현관까지 반복적으로 움직인다. 협소한 실내, 정우의 손길이 닿아 실내는 소독한 것처럼 청결하다. 나는 도저히 따라갈 수 없는 완벽히 정리된 우리 삶의 내부. 그러다 미약한 어떤 분위기, 기억의 실마리에 이끌려 창가에서 떨어진다. 나는 최대한 급히 걸음을 떼어 침실로 간다. 침대 옆 바닥에 앉는다. 등과 옆구리의 통증을 누르면서 몸을 굽혀 침대 밑을 들여다본다. 정우의 손이 이곳에 이르렀을까. 그럴 가능성은 없는 곳이어서 이곳에 봉투를 숨겼다. 어디를 가든 어디로든 떠날 수 있는 현금이 든 봉투. 그것이 없다. 작은 움직임에도 여전히 뒤통수가 당기는 고통이 찌르지만 나는 사력을 다해 침대를 움직인다. 없다. 어디에고 없다. 약 3천 유로의 현금이 사라졌다. 아, 그런 거였다. 이 정도의 장소를 찾아내기 위해서 침입자는 시간이 필요했을 것이고 투약은 그 시간을 제공했을 것이다. 어쩌면 무의식중의 저항으로 침입자의 위협에 이미 방어할 힘이 없는 내 몸 위에 발길질이 무차별적으로 가해졌을 수도 있다. 나는 살아남으려고 그, 혹은 그들에게 현금 봉투의 위치를 가리켰을 수도 있다. 침입자들에게는 여유가 있었다. 아무런 증거도 없지만 직감적으로 나는 침입자가 혼자가 아니었을 것이라고 추정한다. 화장대 서랍의 장신구 중, 값이 되는 것을 그들은 골라 가지고 갈 정도의 감식력과 여유가 있었다. 주변 물건을 흐트러뜨리지도 않고, 솜씨 좋게. 많이 훔쳐본 사람의 솜씨. 전문범.

롤로? 마치 이미 세상에 나온 아기를 찾듯이 나는 롤로를 부른다. 그러고는 그만 자리에 주저앉는다. 의사는 유산의 원인을 나의 허약했던 몸 상태와 임신중독에서 찾았다. 담당 산부인과 의사도 늦은 임신으로 인한 약점들에 대해 여러 번 얘기한 바 있다. 병원의 의사는 그러나 낙상 당시의 충격과 후에 가해졌을 구타로 상태가 악화되었을 가능성을 배제하지는 않았다. 누군가에게는 치사량이 되었을 수도 있는 강제 투약이었으니 그 또한 아무 영향이 없었다고 하기는 어렵다, 는 답답한 답이 전부였다. 원인은 내 몸이었다, 라고 문제를 돌리는 것이 누구에게나 편안하다.

정황을 조금씩 재구성하면서 나는 기이한 평안이 스며드는 것을 느낀다. 나는 다 잃었다. 롤로를 잃었다는 것은 다 잃은 것이다. 다시 한 번 희망적으로 살아볼 힘을 얻었었다. 다시 한 번 시작할 수 있을 줄 알았다. 그런데, 롤로가 없는 이제, 다시 한 번 뒤통수를 얻어맞은 것 같은 어떤 깨달음이 나를 바닥에 주저앉게 했다. 롤로, 미안해. 정말 미안해.

4

왜 사람들은 그토록 그악스럽게 여행을 꿈꾸
나. 끊임없이 떠도는 게 이토록 괴로운 일인데.
자기 나라를 떠나 다른 나라로 살러 가는 사람들
을 나는 늘 놀랍게 생각했다. 그런데 바로 내가,
우리가 여기까지 왔다. 한국에서도 여러 동네, 여
러 지방을 전전하다가 끝내는 한국을 떠나 이곳
에 와서 살고 있다. 물론 여행도 이민도 아니다.
우리는 이곳으로 도망 왔다. 몇 년간 도피해 있
기로 결정한 것이다. 우리가 이 나라를 좋아했다
거나 각별히 인연이 있지는 않았다. 실패의 기억
은 있다. 프랑스를 비롯한 유럽에 보안장치를 수

출하는 업체의 연구원이었던 내게, 몇 년 전 정말 좋은 취업의 기회가 있었다. 프랑스 연구소에서 좋은 조건으로 연구하며 공부도 계속할 수 있는 기회가 열릴 거라는 정보를 입수하고, 나는 열심히 언어 공부에 집중했었다. 상미도 덩달아 저녁에 프랑스어학원에 가서 앉아 있기를 수개월을 했지만 결국 그 자리는 다른 사람에게 넘어갔다. 그래도 회사에 다 알려진 그 실패 덕분으로 유럽 지사가 열리면서 우리가 이곳에 오게 되었다고 할 수 있다.

결국 S를 피해 여기까지 왔다. 단순한 이름 이상의 S! 말로는 설명되지 않는 많은 것, 생각이 앞으로 나가는 것을 막는 모든 것을 넣어두는 문 닫힌 골방 같은 것? 무엇이건 그 골방에서 찾지 않으면 앞으로 나가지지 않는 꿈속의 미로 같은 것. 그 문을 열기만 하면 기억의 잡동사니 사이에서 무언가 실마리가 찾아질지도 모르지만 골방 앞을 매일 외면하고 지나간다. 내가 원하지 않는 것이 나올까봐 다가가기 두려운 그 문.

여기로 떠나오기 전의 S의 무너진 모습을 떠올

리기 싫다. 그가 그답지 않은 모습을 보일수록 나는 그에게서 멀어질 수밖에 없다. 마치 그의 변모의 책임이 내게 있는 것처럼, 그에게서 더 멀리 도망친다. 그는 여러 방법을 동원해서 우리가 떠나는 것을 방해했다. 기껏해야 3년인데. 그녀의 생각은 달랐지만 우리의 생각이 일치하는 적이 있었던가. 이곳에서의 생활은 우리에게는 매우 고요하니 불평할 것은 없다. 오히려 고맙게 생각해야 할 만하다. 이제 겨우 우리 생활의 반경에 S가 들어와 있지 않은 안정적인 생활이 시작된다고 생각했는데 그는 다시 나타났다. 그러나 정말 그녀와 내가 안정된 생활을 했던 것일까? 겉으로는 매우 규칙적이고 한가로운 생활이니 내가 바라는 다른 안정은 없다. 우리는 조용조용 얘기하고 자주 침묵한다. 나도 그녀도 부산스럽지 않다. 갈등이 일어날 것이 없다. 우리 삶에는 마침내 아무런 사건도 일어나지 않으며, 어떤 새 소식이 가라앉은 강바닥의 흙을 휘젓지도 않는다. 나도 그녀도 호기심으로 냇가의 큰 자갈돌을 들어 올려 모래흙이 일어나고 약 올라 뛰쳐나온 가재에 발뒤

꿈치를 물리기를 원하지 않는다. 그래 고요히 물 속의 돌 밑에 묻어두어야 할 것들이 있다. 이런 고요를 만드는 데 10여 년이 걸렸고, 그랬기에 10년 만에 아기가 우리에게 올 수 있었을 것이다.

이곳에 온 첫해는 부산하게 지나갔지만 우리 사이에 대화는 점점 더 줄어들었다. 우리는 얘기하지 않아도 되는 상황을 만들기 위해 여행에서 출구를 찾았다. 마주 보고 앉는 일은 다소간 조마조마한 드라마가 될 때가 있다. 술주정꾼 앞에 앉아 있는 것처럼. 조용히 아버지는 소주병을 기울인다. 그리고 입을 벌려 무언가 끝도 없이 지껄인다. 처음에는 조근조근하게. 거의 달콤하기까지 하다. 그러다 어느 순간 손으로 탁자를 치고 그의 얼굴이 일그러지고 그가 '더러운 기억'이라며 내뱉는 증오의 과거가 줄줄이 나온다. 목소리는 점점 높아지고…… 나는 벌써 의자에서 일어나 뒷걸음을 치게 되고 아버지의 고함이 온 집 안을 뒤흔든다. "정우, 너 거기 서! 못 서?!" 마주 본다는 것은 때로 공포스러운 일이다. 한 인간의 몰락의 서사를 고속 필름 돌리듯 순식간에 확인하는 것은 괴로운 일이다. 나는 단호히 뒤돌아서서 현관으로 나간다. 그는 악을 쓰지만 따라오지는 않는다. 나는 그를 제압하는 법을 터득했다. 그는 쫓아오지 못한다.

그리고 조금씩, 우리는 이 나라의 도로에 적응하면서 주말이나 연휴면 이 나라 사람들처럼, 회사 사람에게서 저가로 물려받은 중고차를 몰고 가까운 해변이나 주변 도시로 여행을 했다. 긴 주말이나 휴일이 길어질 때 우리의 여정은 조금 더 길어졌다. 경제적으로 풍족하다고는 할 수 없는 우리는 이 나라에서 설비가 잘 되어 있는 캠핑장에 머무는 것을 선호한다. 왠지 그것이 마음이 더 편안하다. 차의 트렁크 속에는 언제든지 떠나 캠핑장에서 하루, 이틀 밤을 보낼 수 있는 모든 장비가 다 들어 있다.

우리는 말을 하지 않고 몇 시간이고 나란히 앉아 있어도 불편하지 않다. 너무 오래 같이 있었기에 할 얘기가 없는 것도 아니다. 우리는 서로에게 할 얘기는 많지만 그 얘기들은 해서는 안 되는 주제들이다. 같은 동네에 살던 우리는 이미 아주 어릴 때 이웃집, 오빠 동생이었다. 그리고 내 사촌인 S. 우리 셋이 알고 지낸 것은 그러니까 30여 년이 되었다. 내가 가장 늦게 그 마을로 이사 왔다. 그전에 우리 가족이 어디에 살았던지는 관심이 없다. 내가 아는 것은 내가 일곱 살 되던 해인 그때부터 지금까지 우리 가족, 그녀의 가족은 쭉 그곳에 살고 있다는 것이다. 그 마을에 오래전부터 정착해 있던 백부를 찾아 우리 가족이 이사해 온 것이었다.

이래서 우리는 말이 없어졌다. 우리 둘의 얘기에 S의 얘기를 뺄 수가 없는데 이제는 그에 대해 말을 하지 않기로 우리가 무언의 약속을 했기 때문이다. 어릴 적 우리는 구름샘 마을의 3형제, 그 이상이었다. 자라면서 친구가 되었고 나와 그녀는 성인 문턱에서 결혼했다. 우리에게는 연애의 과정이 없었다. 그녀와 S 사이에는 간단히 요약할 수 없는 역사가 있다. 나와 S 사이에도 많은 상처를 남긴 가족사가 있다. 어느 집엔들, 어떤 가족 사이엔들 전쟁이 없을 것인가. 중요한 것은 결과다. 시간이 지나고 그녀는 나를 선택……할 수밖에 없었다. 우리와 S의 사이에는, 나와 S 사이에는 깊은 심연이 놓이게 되었다. 누구 때문이라고는 말하지 말자. 우리 각자의 실수가 모여 우리의 운명을 만들었다.

　나는 다시 S가 그녀의 눈을 가리지 않기를 바란다. 황금빛 햇살이 비쳐드는 그녀의 얇은 눈꺼풀을 한 점 어두운 그늘로 뒤덮지 않기를 바란다. S는 그렇게 우리 삶의 그늘이 되었다. 언젠가 그 그늘은 거두어지고 투명한 빛이 우리 삶에 내려앉을 것이다. 그러나 퇴근 후 늦은 오후 아파트의 베란다에 앉아 노을을 마주 보고 있을 때, 실내에서 준비되는 음식의 향기가 새어 나올 때, 멀리서 장관을 만드는 하늘을 응시하며 나는 잠시나마 내 자신을 마주할 수 있을 것 같은 힘이 돋아나는 것을 느낀다. 정말 그러했나? 그러나 내 안으로 조심스럽게 한 걸음 떼자마자, 돋아난 힘은 곧바로 힘을 잃는다. 나는 황급히 발을 빼고 노을을 등진다. 어차피 노을은 오래 지속되지 않는다. 밤이 내리고 빛은 사라진다.

나는 사직서를 제출했다. 팀장은 나의 계획을 물었다. 개인 사업을 계획하느냐고 물었다. 퇴직을 앞둔 임원진들이 현지에 남아 사업을 하기 위해 종종 사직서를 쓴다고 들었지만 나는 사정이 다르다. 퇴직이라니! 아직 먼 얘기다. 아내가 아프다고 했다. 사건 후 가볍게 흔적을 남긴 우울증을 핑계로 댔다. 하던 일을 그만두고 남편을 따라 출장지로 온 아내들이 자주 앓는다는 그 우울증. 나는 롤로 얘기를 한마디도 비치지 않았다. 일단은 아내를 돌보고 나중에 할 일을 찾겠다고 했다. 팀장은 비자 문제나 필요한 사항들은 편의를 봐주겠다며 친절을 베풀었다. 다른 사람은 일부러 그렇게 하는데 출산은 여기서 하라고 했다. 그는 여러 이점에 대해 설명했지만 나는 늘 계산에 뛰어난 그의 조언들을 건성으로 듣고 있었다. 그에게 어떻게 설명하겠는가. 나 자신도 이해가 안 되는 불가능한 얘기다. 회사에 우리가 당면하고 있는 문제를 얘기할 수 없었다. 기껏해야 석 달 전에 축하를 받은, 그녀 배 속에 겨우 머무르다 떠나버린 아기에 대해서는 더욱 말하기 어려웠다.

이런 얘기를 알리느니 회사를 옮기는 것이 낫다. 일자리 구하기가 비교적 수월한 나 같은 기술자들에게 좋은 것은 문제가 닥치면 지금처럼 직장을 바꾸어 문제에서 도망칠 수 있다는 것이다. 누군가 내부 깊이 숨겨놓은 것들을 투명하게 들여다보기라도 하는 것처럼 나는 이번에 일어난 일들을 알릴 용기가 나지 않았다. 어느 날, 극심한 고통 속에서 나도 모르게 마리옹에게만 사실을 털어놓았다. 그녀에게는 우리에게 일어난 일을 완전한 비밀에 부쳐달라고, 무덤까지 가져가달라고 부탁했다. 인생의 경험이 많은 여인답게 마리옹은 내 등을 두드리며 말했다.

"정우, 상미는 당신보다 지금 몇 배 더 힘들 거야. 그런 일이 일어나면 부모는 자신 때문이라고 생각해 죄책감을 가지게 된다네. 여행을 떠나. 다른 도시로 이사를 가든지. 빨리 잊어야 해! 나 같으면 경솔하게 직장을 그만두지는 않겠지만, 이왕 이렇게 된 거 잘했다고 해야지. 둘 다 젊잖아."

마리옹은 내 눈을 깊게 들여다보았다. 내 눈 속에서 무언가를 찾는 것처럼 그녀의 푸른 눈동자를 이리저리 움직이면서 내 안색을 살피더니, 그녀의 눈동자는 나의 눈동자에 고정되었다. 나는 무언가에 포획된 것처럼 그녀의 시선을 피할 수 없었다. 오랜만에 나는 거울 속 내 눈 이외의 타인의 눈을 그렇게 똑바로 마주 쳐다보았다. 마치 내 속의 모든 비밀이 서로의 시선을 통해 내게서 그녀에게로 옮겨지는 것처럼 한동안 우리는 그렇게 마주 보고 서 있었다. 기껏해야 10초를 넘지 않았을 짧은 시간이 내게는 아주 길게 느껴졌다. 마침내 정보가 이쪽에서 저쪽으로 다 옮겨지고, 마리옹의 눈가에 웃음기가 돌더니 그녀의 동공이 나를 놓아주었다.

"정우, 당신은 괜찮은 사람이야. 너무 나쁜 척하지 말라구!"

마리옹은 내 등을 한 번 툭 치고는 손가락으로 약속을 지키겠다는 표시를 하고는 멀어져 갔다.

여행을 떠나고 다른 도시로 이사를 가는 것. 마리옹이 지나치는 말로 권고하기 전, 이 두 가지는 이미 그녀의 수술 후에 내가 생각해둔 것이었다.

귀국을 해서 가족과 친지에게 양말을 뒤집어 보이듯 지나간 모든 일을 얘기하고 끝도 없는 질문에 대답하고…… 그 긴 과정에 우리는 지쳐서 진짜 아파 누울 수도 있다. 물론 귀국해, 어딘가로 잠적해 힘든 시간이 지나가기를 기다릴 수도 있다. 지금과 같은 상태에서 상미도 반대를 하지는 않을 것이다.

사직서가 수리되자마자, 회사 안의 게시판에 광고를 내자마자, 차는 곧 팔렸다. 멀쩡한 가구들이지만 팔거나, 주거나, 버렸다. 어차피 그다지 값이 나가지 않는 조립 가구들이었다. 식기와 의류, 매트리스, 자동차 트렁크에 들어 있던 여행용 장비들만 남겨두었다. 롤로를 위해 일찌감치 준비하기 시작한 물품들이, 팔려 나갈 옷장 서랍에서 쫓겨나와 상자 안에 담겨 침실 한구석에 놓여 있었다. 누군가가 준 『육아 백일』 『육아의 모든 것』 같은 책과 면 기저귀, 주변에서 미리 받은 유아용 장난감…… 그 상자를 건드릴 수가 없었다. 이 상자가 롤로가 남긴 전부였다.

빈 실내 바닥에 홀로 앉아 나는 오랜만에 구름

샘을 생각했다. 이만하면 멀리 도망쳐 왔다고 생각했는데 매일 나는 한 걸음씩 그곳으로, S에게로 다가가고 있었다.

5

아파트에서 이전의 분위기를 없애는 데 정우
는 반 정도 성공했다. 우리가 2년 가까이 살던 아
파트가 이렇게 비워지니 아주 딴판이 되어버렸
다. 그가 부산하게 아파트를 비우는 것을 바라보
았다. 나는 바닥에 놓인 매트리스 위에 누워 느린
손길로 버릴 책들을 빈 상자 속에 던져 넣는 그를
보며 생각했다. 또 떠나려는 거군. 그래 그게 맞
는 결론이지. 다 알고 있으면서 모르는 척 침묵으
로 일관하는 것, 사고를 핑계 삼아, 이번에도 모
든 것을 자신 아닌 누군가에게 떠넘기고 어디론
가 도망하려는, 그에게 걸맞은 해결책임에 틀림

없다. 결혼한 10여 년 이래 네 번째로 다니던 직장을 떠나는 것이며, 이사로 말할 것 같으면 거의 매년 거처를 옮긴 것 같다. 아마도 이 나라에 와서 2년 가까이 한곳에 산 것이 거의 처음이 아니었을까. 방랑벽이라기보다는 도주병. 도망자. 그래서 우리의 거처에는 그다지 가구가 많지 않다. 가장 기본적 필요를 채우는 것 외에는 있어본 적이 없다. 늘 가구가 딸린 월셋집.

그러나 그의 뒷모습의 무언가가 내 시선을 붙들었다. 가볍게 굽은 등, 쓸데없는 물건들을 빈 상자에 던져 넣기 전 1, 2초 망설이는 조심성. 평소 떠날 준비를 할 때의 그와는 달랐다. 그는 살피지 않고 임대 트럭 위에 박스와 물건들을 무질서하게 쌓는다. 그 옛날 구름샘에 도착한 그날 아침의 트럭이 그의 이삿짐의 원형이다. 그것도 나를 안심시키지는 않았다. 나는 명실공히 환자였다. 나는 이 상태인데 그는 대체 어디로? 환자의 공통적인 특징은 자신의 고통에 집중해서 상대편을 배려하지 못하는 데 있다. 진짜 환자라면 그렇다는 것이다. 그의 제안이 어떤 것이건 이의를 제기하거나 하다못해 동의할 힘도 없었던 나는 깊은 병을 홀로 앓고 있는 환자였다.

그는 거의 비어버린 아파트에 하나 남겨둔 안락의자를 실내 한가운데로 가져다가 거기에 나를 앉혔다. 자신도 부엌 의자 하나를 가져와 바짝 붙이고 앉았다. 남의 집 보러 온 사람처럼, 가구 없이 황량해져 본래 모습을 더 잘 드러내는 크지 않은 아파트를 천천히 돌아보더니 말했다. 대체로 이렇게 집을 정리하고 난 후의 그의 시선에는 늘 무서운 기운이 있었다. 공허하고도 잔인한, 다 버리고 훌쩍 떠날 것 같은 내 시선을 피하는 자신에게 갇힌 시선. 그러나 이날은 달랐다.

"마침 잘됐네."

나는 그가 무슨 말을 해도 놀라지 않을 만반의 준비를 하고 그를 가만히 바라보았다. 그러면 그렇지. 그래 내게는 마침 잘됐다. 그런데 그한테는 무엇이 잘됐다는 것인가. 우리 삶의 최악의 시간을 건너가보려고 안간힘을 쓰고 있는 중인데.

"어차피 이 아파트 임대 만료일도 몇 달 남지 않았잖아. 여행이나 가자."

육체는 다시 일상생활에 적응하기 시작했다. 한때는 아기가 건강하게 자라기를 기원하면서 운동을 위해서 걷던 길을 이제는 쇠약해진 내 몸의 회복을 위해 걸었다. 한 바퀴, 두 바퀴 돌고 공원 주변에 드문드문 놓여 있는 벤치에 자리 잡고 앉아 누가 보다가 놔두고 간 지역 신문을 집어 들었다. 마치 그 기사를 읽기 위해 그곳에 온 것처럼 뒤적거릴 필요도 없이 첫 면의 기사가 시선으로 쑥 들어왔다.

○월 ○○일에 이미 보도한 것처럼, C시 일대에서 일어난 비행 청소년 아파트 도난 사건의 전모가 조금씩 구체적으로 윤곽을 드러내고 있다. 여러 국가에서 불법으로 입국한 것으로 추정되는 청소년들이 아파트 단지에 침입해 금품과 현금을 갈취했다. 피해 주민들의 숫자는 점점 늘어나는 추세이며 범인들의 신원과 숫자도 밝혀지고 있다고 경찰은 밝혔다. 이들은 짝을 지어 아파트에 난입한 것으로 보이며 폭력과 약물을 동원해 도난 행각을 벌였다. 현재 두 명이 체포되었는데, 이들

에 의하면 여러 국적의 문제 청소년으로 구성되

었으며, 몇 명씩 짝지어 그들이 사전에 주민들의

행동반경을 파악해놓은 아파트를 대상으로 했다

고 밝혔다. 지금까지 신고된 피해는 다섯 건에 달

하지만 신고하지 않은 피해자를 감안하면 그 숫

자는 더 늘어날 것으로 예상된다. 경찰은 지속적

으로 피해자의 신고를 촉구하고 있다. 경찰은 이

들이 다른 도시에서 문제를 일으킨 중동이나 아

프리카 전쟁 지역에서 자생한 청소년 폭력 조직

과 연관되어 있는지도 조사 중이다……

이미 얼마 전부터 아무리 귀를 막아도 들려오

던 바로 이 지역에서 벌어진 사건에 대한 기사였

다. 더 길게 읽을 필요가 없었다. 집으로 돌아와

어쩌다 듣게 된 저녁 뉴스에서도, 라디오에서도

온통 이 얘기뿐이었다. 외부에서 들어오는 통로

를 인터넷까지 모두 막아도 어떤 소식은 옆집의

소음을 통해서도 들려온다. 나의 의지에도 불구

하고 나는 그 기사를 읽고 있는 것이다. 병원에서

깨어나던 순간의 통증과 충격이 되살아나면서 기

사 속의 범인들에 대해 분노의 열기가 치솟았다. 기사는 멈춘 그날의 기억의 다음 과정을 밝혀주 듯 정확하게 S가 떠난 후 내게 일어난 일에 대해 서술하고 있었다. 같은 처지에 있는 사람이 여럿. 그것은 조금도 위로가 되지 않았다. 신고한 건수 가 다섯 건이라고? 신고하라고?

몸속의 분노의 에너지에 부추겨져서 나는 공원 의 의자에서 벌떡 일어섰다. 샌드위치를 사가지 고 저쪽의 벤치에 앉아 막 한 입 베어 물던 동작 을 멈추고 한 여자는 놀람과 두려움의 시선을 섞 어 그녀가 앉아 있는 방향을 노려보고 있는 나를 바라보았다. 의사가 그토록 누누이 설명했음에 도, 마치 이 공원에 있는 불특정 다수, 그들로 인 해 유산이 되기라도 한 것처럼 머릿속에서 그들 을 향해 야구 방망이를 휘둘렀다. 대체 무엇에 홀 려서 사람이 뒤에서 덮칠 때까지 아무 소리도 듣 지 못한 것일까. 그 분노는 순간적으로 문에 신발 을 끼워놓고 떠나는 S의 습관을 표적으로 삼았다. 마음 같아서는 당장 경찰서로 뛰어가 피해 신고 를 하고 싶었다. S도 비행 청소년도 모두 한 묶음으로 어딘가에 잡아넣어야 속이 시원해질 것처럼 숨이 가빠졌고 두 손이 부르르 떨렸다. 그렇지만 나는 아무것도 할 수가 없었다. 다시 의자에 주저 앉아 소리 높여 오열하는 것 외에는. 공원 건너편 대로에까지 나의 포효가 전달되었는지 한두 명이 거리에 서서 이쪽을 바라보았다. 옆 벤치의 여자 는 일찍이 자리를 뜨고 없었다. 내가 고개를 들고 그들 쪽으로 위협하듯이 일어서자 구경꾼들은 종 종걸음으로 공원에서 멀어져 갔다.

나는 조용히 다시 벤치에 앉았다. 경찰서는 골 목 한두 개만 돌면 있었지만 나는 아무도 신임하 지 않았다. 그들이 도둑맞은 3천 유로를 찾아줄 것인가. 패물을 되돌려줄 것인가. 그들이 무슨 수 로 아기를 살려 다시 내 배 속에 넣어줄 것인가. 그 과정은 끝도 없이 길 것이다. 결국 S가 불려올 것이다.

나는 신문을 집어 갈기갈기 찢었다. 조각조각 찢을 때마다 내 속에 저장되어 있던 기상천외한 욕설들이 터져 나왔다. 놀라운 저장량이었다. 욕 설과 찢을거리가 내가 뒤탈이 생길 이상한 일을 벌이는 것을 막았다. 이 에너지가 단번에 10분만 뛰면 닿는 다리나 외곽 철로로 뛰어내리지 않게 했다. 경찰서에 전화해 내가 바로 사건의 피해자라고 신고하지 않았다. 롤로를 살려내라고 S를 원망하는 전화도 걸지 않았다.

더 이상 뱉을 욕설도 찢을 신문 조각도 없었다. 때맞추어 불어온 바람으로 작은 조각들이 공원의 바닥으로, 화단과 나무 위로 흩어지는 것을 바라보며 나는 사람들 시선을 아랑곳하지 않고 두 팔을 휘저으며 공원에서 나왔다.

우리는 무작정 떠났다. 겨우 추스르던 내 몸과 마음이 끝 모르게 추락했다. 나의 병이 정말 깊어져 다시는 일어나 앉지 못할 것 같은 두려운 확신에 사로잡혔다. 그것이 예외적인 에너지를 만들어 나를 지탱하게 했다. 집요하게 뇌리에 달라붙어 번갈아가며 나를 마비시키는 이것들, 이 파괴적 에너지. 분노와 후회와 무기력의 에너지. 나를 벌떡 일어서게 하고 미친 듯이 뒹굴게 하며 두 주먹으로 머리를 두들게 만드는 이 광포한 에너지……. 어떤 포효도, 어떤 외침도, 하다못해 건조한 눈물 한 방울도 내 몸에서 분출되어 나오지 않았다. 고갈되었다. 어딘가로 격렬하게 퇴각했다. 그렇게 내가 죽어 있는 곳에 내가 있었다. 떠나야 했다. 그의 제안이 좋아서가 아니라 다른 방법이 없어서. 이 장소와 이 도시와 기억에도 남아 있지 않은 파괴의 현장에서 되도록 멀리.

차를 빌려 타고 프랑스의 국경지대를 넘어 길을 잃기 위해 천천히 달렸다. 그는 이 여행을 위해 정보도 찾고 주도면밀하게 준비한 듯 이 도시에서 저 도시로 이동했다. 나의 상태를 배려한 듯 숙박은 병원이 멀지 않은 곳에 있는 대도시의 호텔을 택했다. 그러나 사실 나는 이제 몸의 통증으로 고통스럽지는 않았다. 구체적으로 어디에서 묵었는지, 며칠을 묵었는지 무엇을 먹었는지…… 기억에 없다. 나는 그저 앞자리에 앉아서 끝도 없이 졸았고, 뒷자리에 누워 신음하고 헛소리하며 잤을 뿐이다. 가끔 온몸을 경련으로 뒤흔드는 어떤 충격으로 나는 벌떡 일어나 앉기도 했다. 그에게서 차 열쇠를 빼앗아 운전대를 잡고 폭발하고 싶은 순간이 없었던 것은 아니다. 액셀러레이터를 밟고 건물로, 강물로, 놀이터로, 정원으로 앞뒤 보지 않고 돌진해 산산조각이 나고 싶었다. 이러한 분노의 에너지가 나의 체질이 된 듯 몸속을 돌아 알 수 없는 토악질이 되어 차를 길가에 멈추어야 했던 것이 그나마 구체적인 기억이다. 게워내면 시간을 되돌릴 수 있을 것처럼, 해체된 어떤 것이 다시 제자리를 찾을 것처럼 그런 바람을 마음을 담아 진지하게 게워냈다.

밤이 되었지만 그는 묵을 곳을 찾지 않았다. 그는 우리가 이 나라에 와서 처음 갔던 바닷가 유적지를 향해 차를 북쪽으로 몰았다. 겉모양만 보면 우리는 무슨 기념일이라도 맞아 추억의 장소들을 순례하는 사람들로 보였을 것이다. 그는 낮고 부드러운 어조로 진정이 아니라고 말할 수 없는 진지함으로 나를 돌보았다. 주말이나 연휴를 빌려 우리가 한 번 지나쳤거나 묵었던 도시들로 그는 차를 몰았다. 이런 곳들의 기억이 어쩌면 남아 있을지도 모르는 지워야 하는 기억들을 내쫓을 수 있다고 설마 생각했던 것인지도 모른다. 그럴 수도 있다. 그러나 내게는 둔감함이 있을 뿐 두 번 지나친 장소에 대한 별다른 기억이 없다. 가장 기본적인 대화들, 계속 달려, 아니면 멈춰? 더 먹을래? 자다가 아프면 깨워. 더 자, 그래 더 자라. 감정을 조금이라도 건드릴 만한 대화는 물론, 그럴 만한 단어조차 피했다. 현재형 혹은 미래형의 단문의 평화.

구토증이 멎으면서 누군가가 내 안에서 일을 하기 시작했다. 신원을 알 수 없는 청소년 잡범들에 대한 분노가 정말 정당한 것인가. 주마등처럼 스치는 기억들은 내 숨을 멎게 할 정도로 선명하게 감은 눈 뒤에서 되살아났다. 오랫동안 기억에서 삭제했던 장면들을 나는 숨을 죽이고 따라갔다. 구름샘 뒷산 중턱에 있는, 버려진 사당 앞에 나는 서 있었다. 패망한 한 양반가의 버려진 사당이라 마을 사람들이 금기시하는 장소였다. 그런데도 여전히 마을에 남아 있었다. 그 재산을 물려받을 새 주인이 어디엔가 있어 나타나기를 기다린다고도 했다. 어느 가을 대낮, 가방을 들고 왜 내가 거기까지 걸어 올라갔는지는 기억에 없다. 아마도 어릴 때도 나를 자주 사로잡던 현기증을 핑계로 대고 일찍 학교를 빠져나오지 않았다면 그날 그 장소에 있을 이유가 없었다. 나는 그곳을 지나 뒷산 언덕에 자리를 잡고 앉아 멀리 보이는 마을 어귀를 바라보기를 좋아했다. 수업이 파하고 버스에서 내려 마을로 들어오는 학생들의 무리에서 두 남학생의 모습을 찾는 것. 한 사람은 키가 크고 모자를 비뚜름하게 쓰고 손을 바지 주머니에 넣고 천천히 걷는다. 그 옆에는 키가 그보다는 작지만 벌써 살집이 탄탄히 붙은 또 한 남학생. 그는 친구의 걸음에 맞추어주지만 한 발 한발 땅을 호령하듯 걷고 있다. 그러나 그날은 그들을 볼 때까지 기다릴 수 없었다. 사당에서 무슨 일이 일어나고 있었다. 새어 나오는 거친 호흡과 신음 소리. 보지 않고도, 배우지 않고도 아는 상식이 있다. 그때가 중학교 2학년이었다.

빨리 그곳을 지나쳐 산 위의 내 자리에 가서 앉았어야 했는데 나는 보이지 않는, 소리로 구성되는 장면에 대한 상상에 사로잡히고 말았다. 산을 오르는 대신 사당 뒤쪽의 잡목 숲에 숨어 기다렸다. 사당 안의 사람들이 정사를 끝내고 나오기를. 뙤약볕을 받으며 쪼그려 앉은 종아리에 쥐가 날 정도의 시간이 흘렀다. 먼저 중절모를 쓴 한 중년의 신사가 주위를 살펴보며 사당을 나와 언덕을 걸어 내려갔다. 아무리 뒷모습이지만 그 분위기로 보아 외지의 사람이 분명했다. 주변을 살피는 그 중년의 옆모습이 분명히 드러났다. 생소한 얼굴이었고 외양이었다. 그 시간에 중절모를 쓰고 사당 근처를 얼씬거릴 사람이 우리 마을에는 없다. 그 후로도 한참이 지난 후에 정장을 한 여인이 사당 문을 조심스럽게 열고 나왔다. 오래 바라볼 필요도 없었다. 익숙한 모습이었다. 오색 꽃이 뒤덮인 자동차를 타고 이 마을의 유지인 S의 아버지에게 시집왔다는 서구형 미인인 S의 엄마. 사람들이 하도 여러 번 얘기해주어 마치 내가 그 결혼식에 참석한 것 같은 착각이 드는 유명했던 결혼식. 뜨거워지는 가을 햇살을 피해 여인은 레이스 달린 작은 양산을 펼쳤다. 조금 웃는 듯 소리를 내며 조심조심 경사를 내려가는 여인의 단이 터진 스커트.

나는 잡목 숲에서 그 당장 뛰쳐나왔어야 했다. '아줌마' 하고 그녀를 불러 세웠어야 했는데 그러지 못했다. 누군가에게 말했어야 했는데 그렇지 못했다. 말하다니! 내 주변에는 말하고 도움을 청할 수 있는 어른이 없었다. S에게는 더욱 말할 수 없었다. 그런데 누가 그 사실을 S 아버지에게 알렸는지 알 수 없다. 행여나 나도 모르게 말을 할까봐 S를 피해 다녔는데 누가 S에게 말한 것일까. 나는 그녀가 내쫓기는 것을 보았고 S 아버지가 앓아눕는 것을, S가 온몸으로 참아내는 것을, 그의 전 존재에 그늘이 지는 것을 바라보았다. '아줌마!' 어릴 때는, 나를 키워준 정희네 엄마보다도, 아플 때마다, 나는 "아줌마!"를 외쳤다. 나는 그녀를 보호해주지 못했다. 그 자리에서 일어나 "아줌마!"를 외치고 멈추게 했어야 했는데, 그 쉬운 "아줌마!"가 내 입에서 나오지 않았다. 나는 그녀를 위해 결국 아무것도 하지 못했다. 한 가장이, 한 아들이, 한 집안, 마을 전체가 어두움에 휩싸였다. 나는 약했다. 두려웠다.

　그 사건 이후 어두운 기운이 나를, 우리 모두를

잠식했다. 나는 등이 오싹하게 차가운 버려진 사당의 어두움에 이끌렸다. 나 혼자만 이끌린 것이 아니라 우리 모두가 그곳에 이끌렸다. 한 집안의 몰락에 그치지 않았다. 내 안의 어떤 무구한 것의 파괴가 거기서 시작되었다. 그리고 얼마 되지 않아 S는 마을을 떠났다. 대학 입학을 위해 서울 학교로 간다고 했다. 우리끼리는 대장이라고 부르던 S 아버지의 걱정 끝의 결정이었다.

고요한 침묵의 여행이 하루하루, 구분 없이 지속되었다. 우리는 기억하려고 여행을 시작한 것이 아니다. 도망치기 위해, 망각하기 위해 떠난 길이다. 우리는 이 한 달의 시간이 하루로 요약되는 그런 덩어리의 시간으로 남기를 바란다. 그래, 그때 우리는 노력했다, 는 것만을 기억하면 되었다. 불필요한 질문으로 치고받지 않으며 다 아는 것을 재확인하며 상대방에게 치명타를 날리기도 싫어 서로 침묵했다. 그는 앞을 보고 운전에 짐짓 집중했다. 나는 대부분 뒷자리에 누워 불안정한 잠을 청했다. 그러나 정신은 점점 맑아지면서 어수선한 기억 속을 헤맸다. 느닷없이 칼칼한 한 목소리가 귓가에 울린다. 나는 그 목소리와 대화를 시작한다. 인간의 평화는 때로 전쟁이 있어야 유지된다. (꼭 그렇지만은 않다.) 모든 것을 잃고서야 진짜 평화가 무엇인지 어렴풋이 알게 된다. (그렇다, 그건 절대적인 진실이다.) 그러나 인간은 얼마나 질리지도 않고 동일한 실수를 반복하는가. (그래서 모든 인간은 죄인인 거야, 에고.) 반복되면서 실수는 더욱 깊어진다. (그러다 죽는 거지.) 그렇게 진정한 평화와 멀어진다. 인간은 단어로 평화를 배운다. 마치 적도 아프리카에서 눈을 단어로 배우듯이. (적도 아프리카에 가보셨나요?) 씨엘로를 하나의 고유명사로 배우듯이. 그것이 타락한 인간의 운명이다. 말과 실체가 따로 식별되는 형벌. (바벨론이군! 그와 내 얘기. 우리 얘기야. 실체는 떠나고 말만 남았단 말이야!)

차 뒷자리에 누워 차바퀴가 도로의 요철에 의해 만들어내는 충격파의 차이를 세심하게 감지하면서도, 기억의 저 먼 곳에서 열변을 토하며 연기론을 강의하던 교수의 생생한 목소리의 끈을 놓지 않으려 애썼다. 목소리는 결론지었다. 그래서 연기는 이 갈라진 실체와 말 사이에 놓인 심연을 이어야 하는 비극적인 다리가 되는 것입니다. 연기는 비극적인 것입니다, 라고 비장하게 외치던 교수는 어느 날 복도에서 나를 불러 세웠다. 이번에 제출한 '침묵의 연기론' 리포트 아주 좋았어요. 학기 끝나고 한번 연구실에 들러요. 그 주제를 좀 더 발전시키면 아주 독창적인 글이 될 텐데요. 나는 학기가 끝나기도 전에 교수의 초대를 까맣게 잊어버렸다. 나는 교수가 얘기하는 심연 안에 갇혀, 실체와 말 사이에 다리를 만드는 연기론을 완성시키지 못했다. 밤으로, 밤으로 깊이 들어가는 이번 여행에서 결국 나는 정우와의 더욱 벌어진 틈을 메꾸지 못했다.

6

덜컹거리는 마차를 타고 가듯, 바닥이 고르지
않은 아스팔트 길을, 불확실한 목적지를 향해 나
는 천천히 움직였다. 갈수록 멀어지는, 악몽에나
등장하는 그런 가상의 목적지 말이다. 내 생이라
는 여행은 꼭 악몽이라 할 수는 없다. 그러나 어
떤 전기가 없다면 틀림없이 악몽이 될 것이다. 그
여행에 그녀를 끌어들였다. 후회해야 소용없다.
이미 너무 멀리 왔다. 우리가 함께 보낸 유년의
시간에서 너무 멀리 왔다. 집에서 멀리 왔다.

작은 마을이 나타나면 내려서 마을에 겨우 한
둘 있는 카페에 들어가 음료를 마신다. 서너 명

의 마을 사람이 일제히 이 외딴 시골 마을까지 침투한 이방의 젊은 커플에 집중한다. 그들은 우리가 다시 그 시선을 되돌려주며 쳐다볼 때까지 우리에게서 시선을 돌리지 않는다. 이른 시간에 벌써 파스티스나 아니면 더 독한 아페리티프를 한 잔 받아놓고 앉아 있다. 한쪽에서는 게임기의 기계음이 울리다 멈추다, 를 반복한다. 프랑스 지방 작은 마을은 대강 다 마찬가지다. 오랜 습관이 정착한 나라에서 주민들이 보내는 저녁 시간이란 대체로 그리 새로울 것이 없다. 이 나라뿐 아니라 이런 외딴 곳에서는 지루한 일상에서의 일탈은 범죄가 되기 십상이다. 우리의 그곳, 구름샘에서도 마찬가지다. 기억의 물살이 보를 넘어오는 것을 허락하지 않고 그만 일어선다. 오래 머물지 않는다. 호기심과 반감이 섞인 이들의 시선에 동양의 온화하며 예의 바른 미소를 되돌려준다. 이 밤에 이 벽촌 마을에 와서 어쩌자는 것인가. 외부인을 위한 숙소 하나 없는 곳인데……. 그들의 얼굴에 지펴진, 그녀의 표현에 따르면 '진한 고딕체의 물음표'를 남겨놓고 우리는 떠난다. 우리는 주로 작은 도시에 하루, 길어야 이틀 머물렀다. 나중에 보니 그 한 달의 기간에 여권에는 다섯 나라의 도장이 찍혀 있었다. 아침에 스위스에 들어갔다가 비싼 숙박비를 피해 저녁에 다시 프랑스로 되돌아온 적도 있었다.

그런 날 중의 어느 늦은 밤, 그녀는 나를 천천히 흔들어 깨웠다.

"왜?"

"코를 고르게 골든지, 네 숨이 이렇게 오래 멎으면 겁난다."

나는 헛웃음을 보이며 농담처럼 대답한다.

"그게 맘대로 되면…… 이렇게 숨이 멎으면서 내 생이 끝날 건가 보다."

말을 채 끝내기도 전에 돌아눕기도 전에, 내가 까맣게 잊고 있었던 한 장면이 떠올라오는 것을 나는 물끄러미 바라보았다. 오래전 일이다. 아버지를 도와 정원 공사를 마치고, 인근의 모텔에서 한방에 묵었다. 남쪽 지방의 어떤 거부가 집을 새로 짓고 조경을 부탁했기에 트럭 한가득 나무를 싣고 일주일에 걸쳐 정원을 조성해주고 귀가하는 길이었다. 아버지와 한방에서 묵는 일은 드문 일은 아니었다. 아버지는 가끔 세도가나 부잣집의 일을 맡을 때는 아버지의 오른팔인 정현 아버지 홍 씨보다는, 나와 동행하기를 원했다. 필요한 인부는 현지에서 조달했다. 나는 아버지의 조수처럼 행정적인 일을 맡았다. 길고 고된 하루였고 아버지는 늦은 저녁식사를 마치자마자 곯아떨어졌다. 미간을 찌푸리고, 거의 신음하듯이 깊은 한숨 같은 숨을 쉬이익 쉬이익 어렵게 내쉬며 잠을 자고 있었다. 자신의 자는 모습을 십수 시간 영상에 담았다는 외국의 화가인지 감독인지의 얘기가 떠올랐다. 그럴 때 그 사람의 진면목이 적나라하게 드러나리라. 나의 자는 모습도 아버지의 찡그린 모습에서 그다지 멀지 않으리라는 것을 나는 안다. 우리는 어느 정도 부유해졌지만 우리의 삶은 평화롭지 않았다.

큰아버지의 사망 후 아버지에게 넓은 땅이 생겼다. 원예업은 엄마에게 맡긴 후, 아버지는 큰아버지의 땅에서 조금씩 조경 사업을 시작했다. 그런데 의외로 잘되었다. 사람들은 모두 입을 모아

S의 아버지인 이장의 관대함을 칭송했다. 어느 정도까지가 큰아버지의 덕이라고 말할 수 있을까. 거의 모든 것이라고 해야 할 것이다. 왜냐하면 그때까지 아버지는 정말 그가 손댄 모든 사업에서 망해, 빈털터리로 형을 찾아갔기 때문이다. 어머니는 자주 말했다.

"빈털터리기만 하면 다행이게. 빚더미에 앉았어도 술을 못 끊었잖아."

트럭에 대강 짐을 챙겨 야반도주해 큰아버지네 마당에 도착한 날 아침을 나는 너무도 잘 기억하고 있다. 짐 사이에 끼어 누나 옆에서 잠을 깨니 생소한 곳에 와 있었다. 스산한 아침, 겨우 눈을 떴을 때 눈에 들어온 굳게 잡은 작고 통통한 두 개의 손. 잡은 손에서 갈라지는 두 가지를 따라가 보니 이쪽저쪽에 두 얼굴이 있었다. 미소를 띠고 사촌을 맞기 위해 달려 나온 한 소년. 그 소년의 손을 힘주어 잡고 새로운 마을 식구가 될 트럭 위의 소년을 큰 눈망울로 집중해서 바라보던 한 소녀. 선잠에서 깨어 투정할 나이 일곱 살 때였다. 그렇지만 이런 경험은 그때가 벌써 세 번째였다. 그러나 구름샘은 내게는 처음이었다. 아버지에게 구름샘도, 형의 집도 마지막 종착역이었다. 이미 한 번 큰 사건을 벌이고 도망 나온 곳이라고 엄마에게 들었다. 다시 갈 수 없는 곳이었다. 형제간에 무슨 얘기가 오갔는지는 아무도 모른다. 그러나 아버지는 야생초처럼 다시 일어서기 시작했다. 비빌 땅 조각에 어떻건 그를 받아들인 형이 있어서였다.

그러나 아버지는 그곳의 고요와 평화를 싫어했다. 도시에서 성공해 떵떵거리고 맘껏 술 마시는 삶. 이것이 아버지의 야망이라면 야망이었다. 큰아버지는 텃밭이라기에는 꽤 넓은, 집 옆쪽의 땅을 우리 부모에게 내주었다. 아버지를 보고 결정한 일이 아니었다. 큰아버지는 동식물을 다루는 엄마의 각별한 손길을 눈여겨보았을 것이다. 엄마는 구름샘에 와서 한 번도 제대로 발휘되지 않았던 재능을 발견했고 그 솜씨를 떨치게 되었다. 꽃 장사, 나무 장사는 그렇게 시작되었고, 엄마가 사업의 주도권을 가지면서 아버지는 술을 끊게 되었다.

큰아버지가 숨을 거둘 그즈음에 아버지 소유의 땅이 많아진 경위를 자세히 아는 사람은 없다. 아버지가 조경 사업을 시작하게 된 계기였다. 엄마를 통해 젊었을 때 몇 년간 아버지가 남쪽에 있는 농원에서 살았다는 것을 그때 듣기는 했어도 아버지의 사업이 이렇게 갑자기 번창하게 될 줄은 몰랐다. 그 자신이 먼저 놀라는 눈치였다. 아버지는 나를 데리고 그가 막 사들인 언덕 위의 땅을 끌어안듯 두 팔을 크고 둥글게 맞대며 말했다.

"정우야 이거 다 네 거다. 너만 잘하면 곧 네 땅이 되는 거야!"

나는 아버지가 한 일들을 조금씩 알게 되었다. 한 가닥씩 지난 일들이 떠오르며 이 말의 뜻이 잡혀왔다. 나는 못 들은 척 딴청을 했다. 옆에 서서 내 표정을 살피던 아버지는 내 등짝을 한 번 철썩 치더니 호기롭게 말했다.

"정우, 너랑 나랑은 한편이다, 한편!"

등짝이 얼얼했고 등골은 오싹했다.

큰어머니가 떠난 후 큰아버지는 S를 서울로 보냈다. 결국 큰아버지는 그 파국에서 회복되지 못했다. 암을 얻었다. 투병 중에 있는 형을 돌보면서 아버지는 S가 없는 빈자리에 끼어들었다. 나는 이미 큰아버지의 사망 전에 아버지와 S 사이에서 아버지의 조수로 아들로 심부름을 하며 아버지의 문서 위조와 불법 계좌이체를 때로는 적극적으로 도왔고, 때로는 침묵으로 묵인했다. 큰아버지 명의의 땅문서는 여러 번의 법무사 사무실을 오가는 발품으로 아버지의 것으로 변경되었다. 나는 법무사 사무실에 갈 때의 문서와 집으로 올 때의 문서 사이에 무슨 일이 일어났는가에 대해 잘 알 수밖에 없었다. 아버지는 법무사가 준비해준 서류에서 확인해야 할 사항들의 목록을 주었고, 나는 그것을 꼼꼼하게 확인한 후 서류 봉투를 봉인했기 때문이다. 여러 번에 걸쳐 내 계좌로 불법 이체된 상당한 금액의 존재에 대해서 나는 침묵으로 일관했다. 그건 침묵함으로 참여하는 거짓말이었다. 아버지와 나는 이렇게 끈끈한 한편이 되었다. 한두 번, S를 생각하지 않은 것은 아니었다. 그러나 모든 일은 이미 너무 늦어버렸다. 늘 그랬다. 주춤거리는 사이 늘 늦어버렸다.

나는 아버지의 양미간의 찌푸린 주름과 어렵사리 새어 나오는 신음 같은 숨소리를 들으면서 잠을 청하는 것을 포기했다. 곧 잠은 깨끗이 달아났다. 아버지는 갑자기 기관차처럼 코를 골기 시작했다. 피곤했던 하루였다. 누구의 잘못이랄 것도 없이 내 아버지의 삶은 지금까지 매일 이렇게 고단했다. 다 열심히 사느라 벌어진 일이다, 생각하면 연민이 생기기도 했다. 등짝이 얼얼했던 그날, 아버지는 내 속마음을 읽듯 확신에 찬 어조로 말했다. 나는 아무 말도 않았는데⋯⋯. 형제간에, 그 정도는 괜찮다. 정우, 너와 S는 사촌간이야. 괜찮아. 그 정도로 S의 삶이 위기에 빠지지는 않는다.

갑자기 코 고는 소리가 멈추더니 그와 함께 아버지의 호흡도 멈추었다. 그 무호흡 상태가 길게 느껴졌던 것일까. 실제 길었던가. 나는 아버지를 깨웠어야 했다. 그러나 나는 그렇게 하지 않았다. 만약 이대로 숨이 돌아오지 않는다면⋯⋯. 나는 갑자기 관자놀이가 죄어져 오는 것을 느꼈다. 호흡을 멈춘 아버지의 넋 나간 얼굴을 차갑게 바라보았다. 공의라는 것이 이렇게 만들어지는 건가…… 생각까지 하면서. 내가 아버지를 흔들어 깨우려 손을 뻗칠 때, 상상 속의 나의 손은 베개를 집어 아버지 얼굴을 덮으려 그쪽으로 다가가고 있었다. 나는 손을 움츠리고 소리 질렀다. "아버지!"

내 심장은 그때처럼 뛰었다. 나는 벌떡 일어났다. 등을 돌리고 누웠던 그녀도 깜짝 놀라 일어나 마주 앉았다.

"상미야!"

목에서 쉰 소리가 튀어나왔다.

"얼굴이 왜 이러니, 정우야? 너까지 아프면 안 돼!"

그날 밤과 같은 불쾌한 갈증이 일었다. 나의 부탁에 그녀는 호텔 방에 준비되어 있는 차를 끓여 내밀었다. 끝났다. 이번에도 그녀에게 말할 기회를 놓쳐버렸다.

바캉스 대열을 따라 와보니 남쪽 해변 도시였다. 벌써 8월 초였다. 나눌 말이.많은 부부처럼 우리는 무릎을 붙였지만, 서로 닿지 않도록 조심하면서 일부러 소리 내 후루룩거리며 에어컨도 없는 호텔 방에서 뜨거운 차를 마셨다. 그녀가 고개를 숙이고 여전히 시선을 찻잔에 느슨하게 박은 채 무언가 내가 입을 떼기를 기다리는 것 같았다. 잠은 저 멀리 도망갔고 우리는 맹숭맹숭 찻잔을 들고 서로에게 고개를 숙이고 있었다.

물어볼 게 있어, 하는 표정이어서 나는 숨을 죽이고 기다렸다. 정말 오랫동안 우리는 많은 시간을 같이 보냈기에 가끔 그녀가 내 속마음을 투명하게 들여다본다는 생각을 할 때가 있는 것이다. 일곱 살부터 서른여덟까지. 거의 30년을 같이 있은 것이다. 나는 거의 기계적으로 생각한다. S는 나보다 더 긴 시간을 그녀와 같이 보냈다. 그녀와 나의 결혼이 그 둘을, 우리 셋을 나눌 때까지. 그녀와 S는 거의 모든 것을 나누지 않았던가? S의 이유기가 늦어져 그녀가 태어났을 때 S가 그녀 엄마의 젖을 먹고 컸다고 하지 않던가. 그래서 그녀가 사고로 부모를 잃었을 때, 그녀보다 S와 그 가족이 더 슬피 울지 않았던가.

유아 때부터 각별히 친했던 S의 가족과 그녀의

가족. 거의 자매 같았던 두 집안의 두 여인들. 상미 부모의 교통사고만 없었다면, 그녀의 엄마가 살아 있었다면 큰어머니가 그런 어처구니없는 사기 사건의 희생자가 될 수 있었을까. 거금을 뺏어낼 작정을 하고 벌인 한 난봉꾼의 지루한 사기 사건. 나는 큰어머니가 그런 수모를 당하며 마을을 떠나게 된 데에, 아버지가 일조했을지도 모른다는 의심을 지우기 어려웠다. 말로만 들은 중절모의 사내를 형수에게 소개하는 아버지의 뒷모습이 뜬금없이 떠올랐다.

어느 시간이 더 농밀한가. 유년의 시간인가. 결혼의 시간인가.

그녀의 입에서 엉뚱한 질문이 배어 나왔다.

"여행이 끝나가네. 더 계속할까?"

내가 예상한 질문이 아니었다. 그녀는 식은땀을 흘리는 내 안색을 살폈다. 손을 들어 내 얼굴 쪽으로 가져오더니 내 양미간을 두 손가락으로 펴주며 말했다.

"이제 돌아가야지?"

흠칫하며 나는 그녀의 손을 잡아채며 거칠게

말했다.

"하지 마!"

나의 격렬한 어조에 내 자신이 먼저 놀랐다. 저속에서 각인되어 저장되어 있던 세 마디가 오랜 시간을 돌아 이제야 메아리로 돌아오는 것 같았다. 지금까지 잊고 있었던, 나의 마음을 끝도 없이 고통스럽게 했던 그 세 마디. 그녀가 애원하며 격렬하게 외치던 말이었다. "정우야 제발! 하지 마!"

침대 맡 내 쪽의 조명등을 끄고 우리가 일어나 앉기 전의 자세로 그녀에게 등을 돌리고 누웠다. 불행하게도 나는 우는 법을 배우지 못했다. 이제 그만 여행을 끝내야 하는 시간이다.

사표가 수리되었지만 월말까지 업무 인계를 위해 출근하던 즈음에 연구소에서 연락이 왔다. 거의 두 달이 다 돼가고 있었기에 까맣게 잊어버리고 있었다. 그렇게라도 하지 않으면 안정이 되지 않아 연구소를 수소문하고 집 안에 널려 있던 증거품을 가지고 그곳을 향해 정열적으로 달려가던 그 시간에서 나는 멀어져 있었다. 나는 검사 비용 보낼 곳을 적으면서 하마터면 자료와 결과지를 파기해달라고 부탁할 뻔했다. 그 직원을 어떻게 믿을 수 있겠는가. 연구소에 남겨놓은 아파트의 주소로 그런 자료가 도착해서는 안 되는 일이다. 주차 위반으로 견인당한 차를 찾기 위해 벌금을 지급하러 가는 사람처럼 어정쩡하고 불쾌한 기분으로 검사 비용을 지불하고 연구원이 건네준 자료와 증거품들이 들어 있는 박스를 들고 나왔다. 오는 길의 휴게소에서 나는 연구원이 줄 때 건성으로 살펴본 검사 결과지를 찢어 박스 안의 내용물과 함께 비치된 쓰레기통 여기저기 나누어 버렸다. 서투른 증거 인멸의 자세였다.

7

우리는 우리 앞에 보이는 아무 문이나 열고 그
안으로 들어갔다.

마음을 단단히 먹고 다시 빈 아파트로 돌아와
인터넷을 뒤지기 시작했다. C시는 그사이 조용해
져 있었다. 우리가 떠나 있던 약 한 달간, 문제의
청소년들은 대부분 검거되어 재판에 넘겨졌고 수
감되었다. 도서관에 비치된 지난 신문의 보도를
나는 무심하게 읽었다. 그들이 내게 가할 수 있었
던 것은 기껏해야 육체의 통증과 수면제 과다로
인한 부작용 정도. 아, 그리고 언제든지 떠날 수
있다는 가능성이 위로가 되기에 비축해둔 3천 유

로. 육체적 고통은 어느새 사라졌다. 결혼 10년째에 우리는 아기라는 선물을 받았다. 그러나 우리는 그 선물을 받을 자격이 없었기에 다시 우리를 떠났다. 우리에게 일어난 이 사건을 나는 암시로 받아들였다. 잊지 않으려고 나는 핀으로 아기의 양말을 빈 벽에 장식처럼 붙여놓았다. 끈에 압핀을 꽂아 고정시킨 가벼운 흰색의 그 양말은 여름 저녁 열어놓은 창문에서 들어오는 바람으로 어둑할 때 보면 나비 같기도 했고, 작은 깃발 같기도 했다. 그것은 이정표 같기도 했다.

대화가 드물었던 이 여행의 수확이 있다면 우리가 마침내 무언가를 결정했다는 것이다. 당분간 귀국하지 말자. 이곳에서 일자리를 만들어 얼마간 버텨보자, 는 것이었다. 그도 나도 시간이 필요했다. 이국적인 것을 좋아하는 이곳 사람들에게 한국 물건을 파는 가게를 연다, 는 방향만을 세워두고 중독자들이 게임에 매달리듯 광대한 인터넷 공간을 하루 종일 돌아다녔다. 정우는 이런 종류의 사업에는 백지였다. 대학 졸업 후, 가장 먼저 합격한 보안장치 생산회사에 입사한 이후 몇 번 회사를 바꾸었지만 그 주변을 떠난 적이 없는 사람이다. 나 또한 가게 경험이라고는 결혼 전, 친구의 가죽공방에서 보조로 6개월 일해본 것이 다였다.

그래도 식사까지 거르면서 우리는 기계처럼 매달렸다. 우리에게는 관성이 생겼고 하다 보니 인터넷 서핑에는 중독성이 있었다. 우리는 새로운 미래를 설계하는 정열적인 자영업자 코스프레를 했다. 정열이 아주 없었다고 말하기는 어렵다. 끝없이 열리고 닫히는 광대한 공간을 돌아다니며 언젠가는 내려야 하는 중요한 몇몇 결정을 유예하고자 하는 빈 정열. 우리는 우선 한국에 있는 정우의 식구나 친구들에게 우리의 마음이 정리될 때까지 우리에게 일어난 일, 아기를 잃은 일, 에 대해 말하지 않기로 결정했다. 우리는 어떤 문자에도 답하지 않았을 뿐 아니라 아예 여러 연락망에서 나왔다. 내게는 소식을 알릴 사람이 많지 않았다. 주로 우리를 구성하는 친구들. 그들에게 어떤 것이 더 큰 사건이 될까. 유산일까. 유럽답게 여러 국적을 가진 비행 청소년단에게 당한 것이라고 해야 하나. 많은 사람들에게 임신 3개월을 막 넘긴 유산은 사건이 아닐 수도 있다. 그러나 여러 국적이 섞인 청소년의 폭력 사건은……역시 유럽다워서 사람들은 이 시사적 사실에 더 민감한 반응을 보일 것이다. 그러나 나는 이 일의 어떤 것도 언급하지 않을 것이다. 그들이 운 좋게도 잘 뒤져 도둑질한 결혼식 패물들은 대부분이 정우네 부모로부터 받은 것들이었다. 도난에 대해 정우에게 말할 수 없었던 것은 따로 주머니를 찬 3천 유로 때문이 아니었다. 그 보석들이 사라진 것이 의외로 내 마음을 편안하게 했기 때문이다.

작업은 단순했고 솔직했다. 시간을 투자하는 만큼 정보가 모인다. 며칠의 인터넷 검색 후, 우리 둘의 시선이 동시에 한 사이트에 고정되었다. 영업을 종료하는 한 화방 물품의 매물 광고였다. 어디선가 본 듯한, 특별할 것 없는, 오히려 상투적인 화방의 사진들을 훑어보고, 첨부된 물건의 사진들을 살펴보았다. 기대해도 좋은 젊은 작가들의 작품이라는 광고문 아래로 끝도 없이 딸려 나오는 작은 크기의 그림과 장식용 소품들의 사진을 클릭해 넘기면서 벌써 그 작품들을 누군가에게 설명하고 있는 나 자신을 떠올렸다. 그것은 좋은 징조였다. 그 정도는 왠지 부담 없이 할 수 있을 것 같았다.

우리는 각자 원하는 물품의 목록을 만들었다. 목록은 내가 만들었고 그가 이메일로 전체 가격을 협상했다. 파일로 계약서가 오갔고 소액이지만 계약금을 온라인으로 보냈더니, 영수증이 도착했다. 작품을 공급하는 작가들과의 네트워크도 그대로 물려받았다. 우리는 어떤 준비도 되지 않았는데 상대편은 물건 운송에 대해서 질문하는 메일을 보냈다. 우리는 운송된 물건을 받을 주소조차 없는 상태였다. 이 단계에서 우리는 아무런 대책이 없었기에 상대편의 몇 번의 메일에 답을 할 수 없었다. 긴장이 풀리면서 어정쩡하게 시간이 지나갔다.

어느 날 아침 일찍 내 전화기가 울렸다. 서울의 번호이지만 이름이 입력되지 않은 미지의 번호였다. 침착하고도 부드러운 목소리의 한 여인이 나를 찾았다. '아신화방'의 ○○○라고 소개를 했을 때도 아무런 생각이 없었다. 화방의 이름도 여인의 이름도 내게는 그 순간 기억에 남아 있지 않았다. 여인이 내 이름을 다시 한 번 불렀을 때야 나는 소스라치게 놀라며 반수면 상태에서 깨어났다. 아, 네! 이 새로운 계획과 연관된 모든 서류에 정우는 나의 이름을 적어 넣었던 것이다.

여인의 전화는 지금까지 우리가 반쯤은 게으름으로 반쯤은 무관심으로 벌인 정열적인 유예 놀이가 끝나야 함을 알려주었다. 모든 게 현실이었다. 물건이 도착할 때까지 두서너 달 정도 소요되는 것을 감안해 우리는 서둘러 가게를 열기에 적합한 장소를 정해야 했다. 이건 이성적인 일의 순서가 아니었다. 이런 식으로 거꾸로 일을 진행시켜도 아직까지는 큰 탈이 없었던 것이 기이했다. 무언가에 뒤를 떠밀리듯이 우리는 어떻건 앞으로 나갔다.

정우는 피레네 지방의 P시를 선호했다. 올봄에

그곳에 이틀 머물면서 그 지방의 풍광에서 큰 위로를 받은 것은 사실이다. 잘은 알 수 없어도 아마 그 도시 여행에서 임신이 되었을 것이다. 아마도 그랬을 것이다. 그곳에 있을 때 아기가 우리에게 왔을 것이다. 우리가 이틀 머문 P시 외곽의 캠핑장에 설치한 텐트 안에서 우리를 방문했을 것이다. 오랜만에 평안을 맞보았던 여행이었기에 그는, 우리 아기는 P시에서 우리에게 왔다, 고 결정했다. 무르익은 봄의 P시는 물과 바람과 도시를 감싼 산봉우리들이 최상의 경치를 펼치고 있었다. 자연의 색채와 하늘의 높이, 공기의 냄새나 바람의 결도 다르기는 했지만 P시는 기이하게도 우리에게 구름샘을 연상시켰다. 약간 높은 둔덕에 차를 세우고 바라보면 저 멀리 도시의 대표 격인 산봉우리가 시선을 확 잡아당기고 놓지 않았다. 몇 시간이고 그렇게 보고 있으면 난시가 교정될 것만 같았다. 둘러싼 산들은 막 새 계절을 맞아 깊지 않은 녹색의 변주로 그를 완전히 매료시켰다. 그 도시에서 내가 임신한 것에 그는 의미를 부여했다. 피레네산맥의 정기와 대기의 순수함을 들이마시고, 강하고 선한 아기가 생겼으면 좋겠다고, 출렁거리던 공기 침대에서 말한 그의 소원대로, 그렇게 되었다.

그가 상징에 집착했다면 그건 내게는 현실이었다. 아기가 온 것도 또 떠난 것도. 나는 그 도시를 감당할 힘이 아직은 없었다. 그가 여느 사람처럼, 상처를 제대로 아물게 하려면 그 상처를 다시 대면해야 한다거나 하는 허튼소리를 하지 않는 것이 다행이었다. 나는 가고 싶은 곳이 없었다. 만약 내게 부모가 있었다면 나는 만사 제쳐놓고 그들에게로 가지 않았을까. 그러나 어릴 때 잃은 부모의 기억은 너무도 멀고 스산하다. 내게는 그렇게 무작정 돌아갈 곳이 없었다. 마리옹이 입이 마르게 칭찬하던 코르푸로 가자고 해도 짐을 싸 떠날 판이었다. 물론 내게도 언제라도 부르면 기억 속에서 나와, 내 앞에 펼쳐지는 구름샘 마을이 있다. 그러나 그곳에만 있는 아름다운 것들을 짓밟아놓고 뿔뿔이 흩어진, 떠나온 그곳.

바로 그즈음에 '우리' 중의 한 명인 성호의 메일을 받았다.

"상미에게, 아직 프랑스에 있겠지? 우리 식구 모두 A에 와 있어. 연락 늦어 미안하다. 다시 학생으로 돌아가려니 준비할 일이 많았어. 여기 신학교에 들어가려고 가족 모두 데리고 왔어. 지금은 언어 공부 중이야. 자세한 얘기는 곧 만나서 하자. 한번 들르렴."

그리고 한참 가족 얘기를 한 후에 이렇게 메일을 끝냈다.

"정우에게도 인사 전해라……."

우리 친구들을 모두 놀라게 한 우리의 결혼 후, 성호가 메일에서 정우에게 인사를 건넨 것은 처음이었다. 이에 대해 정우는 아무 반응을 보이지 않았다. 나로서는 더 망설일 것이 없었다. 나는 이 소식을 A시로 가서 정착하라는 신호로 받아들였다. 내가 그나마 남아 있는 짐들을 싣기 위해 트럭 렌트를 수소문하고 짐들을 정리하는 것을 보고도 정우는 반응하지 않았다. 그는 반대하지 않음으로 동의했다. 이사 절차에 가속이 붙었다. 얼마 남지 않은 짐을 대여한 작은 트럭에 뒤죽박죽 싣고 '한번 들르라'는 말에 고무되어 우리는 무작정 A시로 향했다. 아주 어릴 적 정우의 가족은 우리가 빌린 트럭보다도 더 초라하고 낡은, 작은 트럭에 짐을 싣고 도착했었다. 마을 아이들이 몰려, 마을 앞의 회화나무 앞을 지나는 트럭 뒤를 쫓아 달리던 이마에 부딪쳐오던 쌀쌀하던 새벽. 짐 사이에 끼어 아이들의 소란에 눈을 뜬 한 소녀와 어린 소년, 정우와 두 살 터울의 정우의 누이. 아름다운 것을 제대로 간직할 줄 모르는 사람들은 그것을 다시 빼앗겨 마땅하다.

가게를 내는 데 필요한 행정적인 절차는 쉽지 않았지만 그래도 큰 어려움 없이 우리는 프랑스 남동부의 작은 도시 A시에서 '아신화방'을 열게 되었다. 상호를 짓는 것도 우리에게는 힘에 겨웠다. 아신화방의 주인은 미국에 정착한 딸의 초대에 응하게 되어 화방을 닫게 되었다며 아쉬움을 표했다. 그러니만큼 우리가 상호를 그대로 써도 좋다고 허락을 해주었다. 화방이 완전히 사라지지 않은 것 같아 기쁘다며 우리의 구입 목록에 들어 있지 않았던 작품 몇 점을 더 보내주겠다고

흔쾌히 제안했다. 뜻을 물었더니 '아 신난다'의 약
자란다. 알파벳 철자가 박힌 작은 나무 간판을 생
각하고 있던 우리는 'A Sin'과 'A Seen' 사이에서
잠시 망설였다. 그러나 한 걸음 물러나 보니 망
설일 것도 없었다. 누구나 상호를 자기에게 익숙
한 의미로 읽지 않겠는가. A Sin이 상호가 될 수
는 없었다. 장식용 소품과 그림을 파는 화방에 A
Seen은 아주 그럴듯한 의미를 연상시킬 것 같았
다.

　이렇게 '아틀리에 아신Atelier : A Seen'이 문을
열었다. 성호네 다섯 식구와 우리 둘 모두 일곱
명이 모여 조촐한 저녁을 같이하면서 개업 잔치
를 대신했다. 성호도 나도 우리의 삶이 우리가 유
년과 청년기를 보낸 구름샘에서 이렇게 멀리 떨
어져, 아무 연고 없는 A시에서 교차하리라고는
상상도 하지 못했다. 아무리 머리를 짜고 미래를
계획해도 우리의 뜻대로 미래가 이루어지지는 않
는다. 그 또한 다행이다. 왜냐하면 그와 내게도
우리가 계획하지 못한 일들이 일어날 가능성이
있기 때문이다. 성호는 조심스럽게 민감한 사건

과 기억들을 비켜가면서 유쾌하게 이야기를 이끌어 나갔다. 고향을 일찍 떠난 성호는 사회생활을 한 지 얼마 안 되어 지금의 부인과 결혼했다. 성호의 변호사 사무실에서 일하던 직원이었다. 성호는 정우와 같은 나이에 아이가 셋이다. 아이들과 같이 있다 보니 밀린 얘기 보따리를 풀어놓을 겨를이 없었다. 정우와 내가 어떤 분위기를 전달했는지는 알 수 없으나 성호와 그의 아내는 임신에 대한 얘기로 화제가 옮겨가지 않도록 조심하는 눈치였다.

그것만이 아니었다. 우리가 모이기만 하면 닳지 않을 것처럼 반복해서 등장하는 많은 추억거리들 언저리만 가도 성호는 지뢰라도 밟은 듯 교묘하게 피해 화제의 방향을 바꾸었다. 이렇게 피해야 할 지뢰밭이 생기면서 구름샘은 폭파에 견디지 못하고 조금씩 패어나가는 것이다. 정우는 건성으로 얘기를 듣고 있다가 성호네 세 아이들을 산책시킨다며 번갈아 한 명씩 데리고 밖으로 나갔다. 나는 그가 나갈 때마다 성호에게 모든 걸다 털어놓고 통곡하고 싶은 욕망에 시달렸다. 오래전 내가 그의 사무실로 찾아가 했던 것처럼.

사실은 우리 이리로 도망 왔어. 대안이 없어서. 너도 눈치챘겠지만 아기가 죽었어. 10년 만에 생겼는데 말이야. 다시 뺏긴 거야. 당연해. 우리는 둘 다 자격이 없었거든. 아기를 잃고 난 다음에야 알았어. 그런데 대체 어디부터 시작해야 할지. 네가 알다시피 시작이 잘못되었지. 어떻게 바로잡아야 할지 모르겠어. 그게 다가 아니거든…….

식탁이 된 사무 테이블에 나 있는 흠집에 어둡고 무거운 시선을 고정시키고 있는 나의 표정을 바라보던 그가 내 등을 한두 번 씩씩한 리듬으로 두드리면서 말했다.

"정우가 막내 데리고 나가 고생한다. 나가서 같이 산책하자."

작은 관광도시인 A시의 중심에서 벗어난 뒷골목에 화방이 위치하고 있었다. 아침에 나와 저녁까지 근무하는데, 그것이 그다지 고되지 않았다. 나는 성호네가 집을 얻은 A시 외곽의 시골집을 얻기를 원했지만 정우는 멀어도 도시를 고집했다. 마치 C시에서 일어난 일을 다 잊은 듯, 저렴하다는 이유로 그 반대쪽의 외국인 이주자들이 많이 모여 사는 구역을 택했다. 이곳에서 스튜디오라고 부르는 원룸 아파트를 세내었다. 하기는 거리가 그다지 멀지 않아도 값 차이가 현저했다. 비록 자주 보지 못한다고 해도 성호네와 한 시간 거리에 살고 있다는 것이 큰 위로가 되었다. 그들은 바빴고 나는 한가했다. 집안의 도움이 있어 늦은 유학을 결정했지만 학비와 생활비에 보태느라 성호는 공부 이외에도 애를 돌보고 잡일로 돈을 버느라 안팎으로 바빴다.

관광도시여도 가을 막바지에 문을 연 화방은 한산했지만 연말을 기다렸다. 주말에는 가끔 들르는 사람들이 있어도 생활비를 충당하지는 못했다. 손님 없는 화방에 혼자 앉아 있노라면 협소한 탑에 갇힌 죄수 같았다. 하도 좁아 갤러리라 부를 수도 없고, 직접 무언가를 만들어내는 작업장이 아니니 아틀리에라고 부르기도 어려운 어중간한 상점이었다. 차가 없이는 생활이 불가능한 이곳에서 우리는 차 없이 생활하기로 결정했고, 스튜디오도 비좁고 가게는 더 좁아, 나와 그는 번갈아 화방을 돌보기로 했다. 그도 나도 이곳이 우리 인생의 간이역이라는 것을 잘 알고 있다. 이 간이역에서 우리는 서로 엇갈려 마치 숨바꼭질을 하는 것처럼 생활했다. 이 간이역의 삶에서 나는 많이 걸었다. 수입 없이 소비만 하는 생활이기에 걷는 것이 당연한 것이기도 했지만 간이역 생활을 하는 사람에게는 걸으면서 생각할 것이 많이 있었기 때문이다. 때로는 내 몸 저 구석에서 올라오는 분노를 삭이기 위해, 때로는 다시는 구름샘으로 돌아가지 못할 것 같아, 돌아가는 길을 잃을 것 같은 우울함을 거리에 뿌려 사라지게 하기 위해서도 걸었다.

나는 정우가 화방으로 출근하는 날에는 시 문화센터에 개설된 연극 수업에 참여하기로 했다. 프랑스에 정착하는 외국인들을 위한 언어 수업의 일환으로 시에서 무료로 운영하고 있었다. 수업은 이미 시작되었지만 나는 중간에 합류해도 좋다는 허락을 받았다. 샹딸이라는 이름의 연기 선생은 그사이에 진행된 수업 과정을 활달한 제스

처를 곁들여가며 설명해주었다. 거침없는 샹딸의 태도가 시원했고 마음에 들었다. 그녀는 한 가지 상황을 짧은 대화들로 구성해 스케치를 연습시키고 있었다. 그 단계가 끝나면 10여 명의 수강생들이 직접 작품을 공동으로 쓰고 올리는 것을 시도해보자고 했다. 나이와 국적이 각양각색인 불어가 어눌한 외국인으로 구성된 이 연습반에서 제대로 소통이 이루어질 것인가. 나부터도 자신이 없었다. 이런 기회는, 오래전 연기론 교수가 복도에서 불러 세워 극찬했던 침묵의 연기론을 완성하기에는 안성맞춤일 것인가. 팬터마임과 구별지으려고 애썼던 침묵의 연기론이었던 것 외에 리포트의 내용 중 생각나는 것은 하나도 없다. 40대 후반으로 보이는 샹딸의 카랑카랑한 목소리가 어느새 아스라이 멀어지면서, 느릿느릿하지만 가끔 촌철살인의 진리를 내지르던 연기론 교수의 목소리가 되살아와 내 귀를 압도했다.

실체와 말 사이의 심연에 다리를 놓는 침묵의 연기론? 지금에 와서 나는 교수의 격려가 당시에 내 몸 전체를 사로잡은 비극적인 분위기를 간과

한 노교수의 위로와 배려였다는 생각이 든다. 학생, 어려운 일이 있군, 잘해봐. 자네는 희망이 있어…… 아마도 이런 말을 하고 싶었던 교수는, 그와 나 사이의 유일한 소통로였던 중간고사 리포트에 대한 말로 대신했을 것이다. 그가 강의실의 젊은이들을 향해 외치던 문장들이 있다. 일례로 이런 것. 여러분은 사랑이 명사인 줄 알지요. 그렇지 않습니다. 사랑은 동사입니다. 사랑하면 행동하게 됩니다. 표현하게 됩니다. 무릎 꿇게 됩니다…… . 이런 단어에 민감하던 시기의 학생들 사이에 이 문장은 유행이 되었다. 노교수의 강의 내용을 기억 못하던 학생들도 이런 말만은 다들 기억했다.

그랬다. 그 당시의 내게도 사랑은 동사였다. 교수가 말한 것과는 정반대되는 동사가 내게 다가왔다. 악한 행동과 연관된 동사들. 누군가에게 사랑은 파괴였고 소유였고 배반의 동사였다. 노교수는 역시 연기론 전공 교수답게 한 학생의 몸의 불행을 알아차리고 있었다는 확신이 든다. 정우는 어느 날 혼자 나를 만나러 학교로 찾아왔다.

서울에서 만날 때 우리는 늘 셋이었다. 아니면 다섯, 여섯…… 그러나 자주 나, 정우 그리고 S. S는 이미 그때 말더듬증이 심해져 침묵할 때가 더 많았지만 우리들의 모임에는 빠지지 않고 참여했다. 그는 고향집에 있다가도 만남을 위해 서울로 오기를 마다하지 않았다. 그는 일찍, 대학 졸업도 하기 전에 고향으로 가서 아버지가 남긴 사업을 이어 감당했다. 이상한 일이다. S를 속이는 사람들은 많았다……. 일일이 열거해야 무엇 할까. S가 건사하는 부친의 유업은 번창했다. 그의 말더듬증이 비결인 듯, 주변에는 속이는 사람 못지않게 그를 돕는 사람들이 있었다. 말을 잃은 대신 새로운 재능을 부여받은 것 같았다. 그의 소유가 된 물려받은 땅만은 유독 값이 치솟아, 건축업을 하던 지향이네 아버지의 도움을 받아 그곳에 전원주택 단지를 짓게 되었다. 대성공이었다. S는 그중의 한 채를 우리들을 위해 남겨두었다. 우리는 머리를 맞대고 집 이름을 지었다. '파랑대문 집'. 그 집이 다 지어진 다음 우리 모두가 모여 집 마무리로 각자 붓을 들고 맘 내키는 대로 두 쪽의 나무 문을 파랑색으로 칠했기 때문이다. 솜씨가 들쑥날쑥하고 붓질은 조야했지만, 멀리서 보면 멋진 추상 화가의 작품 같은 파랑대문. 집 앞 멀리 보이는 평화로운 강물이 금 화살 햇살을 받아 반짝이는 것이 우리를 단번에 매혹한 집이었다. 아름다운 것들은 가까이 보인다. 금방 그 강안에 닿을 것 같다. 그러나 다가가다 보면 점점 더 멀어지는 것처럼 아주 멀리 있다. 그 집은 언제든지 우리가 지칠 때, 서로의 위로가 필요할 때, 서로가 그리울 때 찾아 돌아오는 곳, 이라는 어리고 순진했던 마음이 담겨진 이름이었다. 어디에 문패를 붙이지는 않았지만 드높게 웃음을 날리며 모여서 붓질을 하던 그날을 되살리는 이 이름을 우리는 사랑했다. 그리고 우리는 약속했다. 이곳은 우리, 그리고 우리의 아이들, 그들의 아이들이 아무 때나 자유롭게 올 수 있는 곳으로 쓰자고. 우리들은 아무 때나 그곳에 갈 수 있는 열쇠를 가지고 있었다. 그러나 개별적으로 열쇠를 사용한 적은 그때까지는 한 번도 없었다. 우리가 그 집에 갈 때는 작은 원의 우리 셋이거나, 큰 원의 10여 명의 동네 또래들이 같이 모일 때였다. 이제 그 집의 이름은 정우와 나 사이에 발설해서는 안 되는 금기어가 되었다.

조금은 어두운 표정을 하고 내 수업이 끝나기를 기다린 정우에게서는 긴장이 엿보였다. 정우는 S와 약속했다면서 파랑대문 집으로 가자고 했다. 늦은 오후였지만 다음 날 수업이 없었기에 나는 기쁘게 그를 따라나섰다. 버스를 타고 다시 터미널에서 택시를 타고 그곳으로 갔다. S는 없었다. S는 곧 올 거라며 편하게 앉아 얘기나 하자고 해서 소파 위의 내 소지품들을 방에 넣어두고 왔다. 그는 자신이 들고 온 가방에서 술 한 병을 꺼내 크게 한 잔을 들이켜며 내게도 권했다. 자주 있는 일이 아니었다. 너도 한 잔 할래? 아니 싫어. 배고프다 나는. 연속 수업으로 점심도 먹지 못하고 따라왔다. 찬장에 있는 과자 부스러기를 꺼내 먹으며 별 의미 없는 일상의 얘기를 하고 있었는데 그는 건성으로 듣고 있다가 말을 끊고 쳐다보는데 마치 나를 노려보는 것만 같았다.

그런 눈을 하고, 정우는 사랑한다고 했다. 그것은 나도 아는 사실이다. 그래서 나도 편안한 마음으로, 뭐 새삼스럽게, 그럼 나도 너 사랑하지, 라고 대답했다. 우리 셋은 서로를 사랑하지만 우리 셋의 사랑은 여느 사랑과는 다른 것이다, 라고 생각하고 있었다. 우리는 형제 이상 아닌가. 우리는 고향 사람 이상 아닌가. 그것은 우리 사이에서는 자명한 진실이었다. 그가 침묵하며 혼자 마시고 있는 사이 그도 나도 같은 생각을 하고 있었을 것이다. 그는 그 집에 걸맞게 앞으로의 꿈, 포부, 야망을 얘기했다. 그 얘기를 하면서 '우리'라고 얘기했을 때 당연히 나는 넓은 원의 우리와 좁은 원의 우리 셋을 얘기하고 있다고 생각했는데 그는 그 우리를 더 좁혀서 우리란 '나와 너'라고 했다. 그때까지만 해도 그는 그다지 취하지 않았다. 밤이 깊어지고 내가 방으로 가려 했을 때 그는 좀 더 있자고 했다. 나는 S는 언제 오냐고 물었다. 그는 말했다.

"S는 오지 않을 거야. 아니 오지 못할 거야. 내가 알리지도 않았어. 오늘은 내가 너와 '할 일이 있어서!'"

　그리고 그는 완력으로 '할 일'을 했다. 그는 파괴했고 배반했으며 소유하려 했다. "정우야 제발! 하지 마." 여러 번 외쳤건만 그는 듣지 않았다. 말이 아무런 힘도 가지지 못할 때는 침묵으로 말할 수밖에 없었다. 나의 완력도 만만치 않았다. 침묵의 몸싸움은 오래 지속되지 않았다. 정우는 포기했다. 바로 그 순간, 다른 어느 때보다도 더 깊이 나는 S의 말더듬증을 이해했다. 말이 통용되지 않는 순간이 우리들 사이에 존재한 것을 경험한, 지독한 결렬의 순간이었다. 나는 서럽게 울었다. 나 자신 때문보다는, 우리가 그토록 아끼던 파랑대문 집이 이렇게 쓰이게 되었다는 사실 때문에 내 울음은 더 구슬퍼졌다. 나는 알았다. 우리 셋 사이의 무언의 약속이 이때 완전히 깨져버렸다는 것을. 우리는 둘이 되어서는 안 되었다. 우리는 셋일 때, 다수일 때 아름답고 많은 일을 할 수 있으며 그것은 지켜졌어야 했는데 정우도 나도 그것을 지키지 못했다. 그것은 변질되지 않을 수도 있는 명사의 사랑이고 그렇기에 멋진 동사들로 완결될 수 있었는데…….

　그 당장에는 말로 표현하지 못한 이런 결렬을 애도하느라 눈물을 멈출 수 없었다. 정우는 사랑한다고 외쳤다. 사랑하지 않으면 어찌 우리가 되었겠는가. 우리로 커가면서 어찌 그를 사랑하지 않았겠는가. 나도 그를 사랑한다. 어찌 우리를 사랑하지 않을 수 있을까. 다만 나의 사랑은 명사이고 그의 사랑은 잘못 선택된 동사일 뿐이다. 사랑의 결과 질이 달랐다. 무릎을 꿇고 애원하며 용서를 비는 그에게 아무런 얘기도 하지 못하고 그 집을 나왔다. 한밤중, 빛이 있는 곳을 따라 나는 하염없이 걸었다. 멀리 보이는 강에 다다르기까지 한 시간 남짓한 길을 걸었다. 강에 도착해 나는 가방 안에 들어 있던 파랑대문 집의 열쇠를 멀리 멀리 던졌다. 미안해. 나는 파랑대문 집에 걸었던 우리의 꿈에 정말 미안했다.

　화방에 가지 않는 날, 일주일에 두 번, 집에서 나와 한 시간 반을 걸어 문화센터로 간다. 일주일에 세 번 혹은 네 번 집에서 나와 한 시간을 걸어 나는 아틀리에 아신으로 출근한다. 매일 조금씩 심연의 다리를 건넌다.

8

　구름샘의 겨울을 모르는 사람은 삶을 제대로 알 수 없다고 단언해도 좋다. 대단한 경관은 아니지. 그렇지만 구릉 위에서 내려다보는 그 눈 덮인 들판은 날씨가 쌀쌀해지면 가슴이 뛸 정도로 기대가 돼. 그곳은 역시 S, 너와 내가 둘이 걸을 때 제일 최고의 풍경을 보여주는 것 같아. 멀리 차갑게 살얼음이 언 것 같은 강 위로 겨울의 햇살이 쨍하고 소리 낼 것처럼 날카롭게 반사되지. 낮은 구릉으로 시작하지만 길게 느슨한 곡선을 만들며 뻗어 있는 산마루를 따라 걷다 보면 어느새 구릉은 큰 산과 만나, 거기서는 장관이 펼쳐진다고 말해도 좋아. 어느 날 네가 구입했다는 눈 속을 걷는 스키 운동화! 그거 진짜 내게는 최고의 선물이었지. 내 발에 꼭 맞는 신발 말이다. 발 치수까지 기억하고 있는 것에 나는 감격하고 말았지. 역시 우리는 사촌을 뛰어넘어 형제인 거야. 또한 형제를 뛰어넘기에 우리인 거지. 너는 큰 원의 우리, 작은 원의 우리를 선호하지만 왜 나는 너와 단둘이 있을 때 이토록 평온해지는 걸까. 그 평온을 되찾고자 나는 무언가를 시작하고 있어.

네가 서울에서 학교를 다닌다며 떠난 후 돌아온 첫 겨울 방학의 선물이었는데 어찌 기억하지 않을 수 있겠니? 대학 입학을 앞둔 겨울이었지. 너는 거의 2년 동안이나 집에 오지 않았어. 집에 오지 말고 공부에 집중하라는 큰아버지의 명령이 있었겠지. 오랜만에 서울에서 오자마자 나를 찾아왔지. 나는 왜 너를 찾아 서울로 가지 않았을까. 우리 중의 몇이 이런저런 이유로 너를 찾아갔다는 얘기를 들었지만 그들은 결국 너를 만나지 못했지. 그 때문에 내가 너를 찾아가지 않은 것은 아니야. 그럴 수 없었기 때문이야. 나의 도망자

생활은 어쩌면 그때부터 이미 시작됐었던 건지도 모르지. 눈이 조금씩 내리던 날이었어. 무슨 할 말이 있는 표정이었는데 너는 그저 씨익 웃으면서 선물을 내밀었어. 우리끼리 있을 때 우리는 서로 반말을 했지. 그런데 그날 이후 너는 나를 '형'이라고 불렀어. 그날 나는 너의 말더듬증을 처음 알게 되었어. 누가 알고 있었을까? 너의 아버지? 아무도 얘기해주지 않았기에 나는 네가 장난을 치거나 오랜만의 우리의 만남에 감정이 격해져서 그런 거라고 생각했지만 그게 아니었어.

"형, 서선물이야."

"웬일이야. 무슨 일이 있었는데……."

'이렇게 말을 더듬니?'라고 말을 맺지 못했지.

"아, 조좀 아팠어. 마많이."

우리 가족 모두를 이렇게 저렇게 강타한 큰어머니 사건 이후 네 삶은 변했어. 너는 우리를 떠나 따로 생활했고 이제는 각자의 학업이 있으니 우리가 자주 만날 수 있는 여건이 아니었어. 나는 너보다 늦은 대입 준비로 정신이 없었지. 그리고 너는 말이 없어졌어. 그 많던 웃음이 사라졌어.

그리고 너는 열중했어. 공부건 운동이건. 특히 농업과 건축 공부에. 너희 아버지를 도와 네가 해야 할 일이었으니까. 말 더듬는 네 앞에서 나는 가슴이 막혀와 네게 묻지도 못했지.

우리는 산행을 준비하고 언덕을 올랐지.

"저정우 혀형. 저저쪽으로 가자."

산에 오르는 길은 여러 개였는데 너는 구태여 사당이 있는 길을 택했어. 표정 하나 변화 없이 너는 그 앞에 멈추어 섰어. 그리고 문을 활짝 열고 그 안으로 걸어 들어갔지. 나는 밖에서 기다렸어. 그 안에 무엇이 있는지 아이들 때부터 우리는 다 알고 있었어. 그 안에는 우리의 관심을 끌 만한 것이 아무것도 없다는 것을. 깨지고 내팽개쳐져 바닥에 뒹구는 먼지에 싸인 나무 조각들. 거미줄이 쳐진 포개져 있는 무용지물의 제사상들. 흙바닥 한쪽에는 가마니 포대가 쌓여 있고, 반대쪽의 마룻바닥 위에 놓인 비어 있는 그릇장. 너는 그 안에 오래 머물지 않았어. 너는 입을 꾹 다물고 양미간을 찡그리며 밖으로 나왔지. 문을 활짝 열어놓아 바람에 문이 부딪치는 소리를 뒤로하고 우리는 언덕을 올라갔어.

너와 나는 그날 말없이 네 시간은 걸었나봐. 그러나 너와 나 사이에는 처음으로 장벽이 쳐진 것 같았지. 너의 말더듬증이 그 장벽을 더 두껍게 했을 뿐이야. 그래 정확히 말하면 너의 증상은 그렇게 심하지는 않았어. 막연하게 나는 그것이 신체적인 병이라는 생각을 하지 않았어. 네가 무언가를 알고 그것을 말하고 싶지 않아서 생긴 일종의 가벼운 증상, 언젠가는 사라질 나쁜 습관 같은 것이라고 심각하게 생각하지 않았지. 네가 침묵하니 나도 침묵할 수밖에. 네가 없는 동안에 일어난 우리 중의 몇몇의 소식을 얘기해도 너는 다른 생각에 집중해 있었어.

지금 나는 그날을 다시 생각한다. 그동안에 서로 다르게 흐른 시간의 간격을 뛰어넘어 지금으로 연결될 수 있다면, 그 방법을 찾느라 나는 지금 이곳에 와 있어.

나는 지금 네가 상미를 보러 들렀던 프랑스 파리 외곽 C시의 아파트를 떠나 거기서도 한참 떨어진 남부의 작은 도시의 가게 안에서 네게 할 말을 녹음하고 있어. 상미하고는 격일제로 근무를 하니 부딪칠 일이 없고 여름이 끝나고 보니 이곳을 찾는 사람은 점점 드물어지고 있어. 작은 화랑이라고나 할까. 상미와 나는 얼마 동안 이곳에 머물기로 했어. 상미는 이곳이 우리의 간이역이라고 부르지. 어디로 가는 간이역인지는 묻지 않았어. 어디겠니? 맞아. 내게도 그녀에게도 이곳은 간이역이야. 곧 떠나야 할, 기차들의 연결 시간에 문제가 생겨 잠시 머무르다 떠나야 하는 그런 간이역.

이곳으로 온 이후 줄곧 생각했어. 내가 할 수 있을까. 그 추하고 악한 일들을 내가 다 쏟아낼 수 있을까. 뱉어내는 거야 뭘 못 하겠나. 그것이 다라면 벌써 할 수 있었겠지. 혼자서, 골방에서, 내가 나에게. 그게 뭐야. 아냐, 너를 찾아가는 거야. 네 앞에서, 네 얼굴을 보고 다 말하는 것, 그것이 나의 종착역이야. 그 종착역으로의 여행은 네가 C시에 들른 그날, 결혼 10년 만에 거의 기적적으로 우리가 선물로 받은 아기를 잃은 그날로 시작되었어. 우리가 아무것도 기대하고 있지 않을 때 우리에게 아기가 선물로 왔지. 아기는 우리와 만나지도 못한 채 떠났어. 너 때문이라고, 네게 책임을 전가하려고 이 얘기를 하는 것은 아니야.

나는 그날, 우리가 산에 오른 그날 이후 내가 저지른 일에 대해 말하려는 거야. 그날 벌써 너에게 말하고 도움을 청했어야 했어. S야, 아버지가 대장에게 무언가 일을 저지르려는 것 같아. 막아줘. 그냥 대장 옆에 와 있어. 나를 도와줘. 나는 느끼고는 있었지만 아직 말이 되어 나오지 않아 말하지 못했지. 그래서 불행한 사건들은 일어나는 거야. 맘과 말 사이에 다리가 끊겨서 말이지. 인간의 많은 불행은 그렇게 시작돼. 우리의 말에 대한 감각은 퇴화됐거든.

네가 상미를 보러 온 그날, 그 이후로 어떤 일들이, 우리에게 많은 일이 일어났지. 내 안에 있던 두 명의 정우 중에서 한 명이 그 아기와 함께 죽어가고 있었던 것을 내가 알아차리게 되었어. 이번에는 정말 말의 길을 찾았으면 좋겠어. 이번에도 그 길을 잃으면 나는 더 이상 앞으로 나갈 수가 없어. 이제 도망갈 길이 없어. 그래서 나는 늦은 시간까지 이렇게 애를 쓰며 길을 찾고 있어. 네게 가는 길. 파랑대문 집으로 가는 길. 상미에게 가는 길. 그건 먼 곳에 있을 롤로에게 가는 길이 되지 않을까.

A시는 평화로운 작은 도시야. 물가가 조금 비싸기는 하지만 아직은 살 만해. 작은 화방이라고 말했지. 한국 물품 중에서도 작은 크기의 그림이나 작가가 직접 구워 만든 도기 몇 점, 때로는 누나가 골라서 보내주는 아이디어 생활용품도 진열되어 있어. 지금은 우리 생활비의 반 정도를 충당해주는 곳이지. 이런 얘기를 너와 나눈 지 오래되어 어디서부터 어떻게 실마리를 찾아야 할지 모르겠다.

우리 가게의 한 벽에, 네가 선물로 가져온 아기 양말 한 켤레를 상미는 마치 예술품인 것처럼 나비 모양으로 펴서 붙여놓았어. 가끔 들르는 한 젊은 부부 손님은 화방에는 어울리지 않는 이 벽을 주목하고는 동일한 물건을 구입할 수 있는가, 고물은 적이 있어. 나는 그저 고개를 흔들고 말지. 이 세상에 한 켤레밖에 없는 것이라 대답해. 가끔 내게서 용기가 후퇴하고 아무런 전망 없이 지금까지 살아왔던 것처럼 죽어가듯 사는 것도 괜찮겠다는 생각이 들 때면 나는 벽에 걸린 나비 양말을 바라보게 돼. 자, 어디서부터 시작할까. 이제 문을 닫을 시간이니 귀가 전까지 한두 시간은 얘기할 수 있겠다.

큰아버지 얘기로 되돌아가자. 우리 모두의 대장인 그의 얘기로. 아니 우리 아버지의 얘기로. 그것도 아냐. 나와 우리 아버지의 얘기로 시작해야겠지. 대장이 네가 집을 떠난 후 두 해 후에 병을 발견한 것은 우리 모두가 아는 사실이지. 이미 이장은 선영 할아버지가 맡아 하게 되었고. 대장은 자리를 펴고 누워만 있을 정도는 아니었지만 의사는 남은 시한을 오래 주지 않았어. 대장은 왜 네게 당신의 병을 알리지 못하도록 우리를 그토록 단속하셨던 건지! 병에서 곧 회복될 거라고, 그건 그저 작은 전쟁 같은 거라고 우리에게 말했어. 그리고 당신은 이겨낼 수 있을 거라고. 자세한 정황은 네가 나중에 들어 다 알고 있는 그대로야. 네가 모르는 것은, 그리고 지금 내가 말하려

는 것은…… 너의 아버지의 동생과 그의 아들이
벌인 그저 단순한 사기 사건이라고 불러야겠지.
그것이 재물만 바라는 여느 도둑질이었다면! 아
마 아버지에게는 그랬을지도 모르지. 그러나 나
는 아니었어. 나는 네게 등을 돌리고, 적극적으로
참여했고, 적극적으로 설득당했으며, 자발적으로
지혜를 동원해서 아버지를 도왔어. 후에 탈이 없
도록. 철저하게. 물론 처음에 나는 여러 번에 걸
쳐서 경계에 서 있었지. S, 너와 나의 아버지 사
이의 경계에. 그리고 어느 날 나는 첫발을 내디뎠
지. 네게서, 모두에게서 등을 돌리기로. 그러고도
여러 번 망설였어. 너와 아버지 사이에서, 아버지
와 너 사이에서. 그러자 이런 기회를 오래전부터
기다려왔던 내 속의 무언가가 힘을 발휘하기 시
작했어. 모든 것은 주도면밀하게.

　오늘의 마지막 손님이 다녀갔어. 아내의 생일
선물로 좀 이국적인 것을 사겠다고 하더군. 원앙
보다는 오리 모양에 가깝게 나무로 가늘게 조각
한 한 쌍의 새를 권했지. 우리 문화에서는 이 새
가 부부 사이의 화목을 상징해서 집에 한 쌍씩 장

식으로 놔둔다는 얘기도 해주었더니 아주 만족해하더군. 아내가 한국에 관심 있어 한다면서 얘기를 더 하기 원하길래 나는 막지 않았어. 그렇고 그런 대화였는데 내게는 지루한 하루의 끝에 뭐랄까, 휴식을 주는 느낌이었어. 이국의 언어는 가끔 자유를 줘. 얘기를 하고도 큰 책임감을 느끼지 않거든. 크고 작은 약속을 날리지만 그걸 꼭 지켜야 할 필요가 없다는 걸, 상대편도 나도 잘 알아. 그저 시간을 무책임하게 공유하는 것. 그게 다야. 내게는 집중했던 녹음 작업의 긴장에서 나를 이완시켜주는 역할도 하기에 오리 모양의 수저받침 한 쌍을 선물로 주기까지 했지. 꼭 해야 할 일을 앞두고 이 핑계 저 핑계 뒤로 미루는 형국이지 뭐. 나는 결단을 하고 이제 그만 문을 닫겠노라고, 곧 부인과 한번 같이 들러달라고 권했지. 그 마지막 손님이 떠났어. 어떻건…… 가게 문을 닫았으니 이제는 방해하는 사람이 없겠군. 이제는 아무도 오지 않을 테니 조용히 녹음에 집중하려 해.

자, 어디까지 얘기했지. 맞아 사기극. 아버지

와 나는……. 너는 이미 공부하러 서울로 떠났고, 나는 너도 알다시피 잦은 이사로 또래에 비해 학업이 늦었지. 내가 그때 너처럼 떠나 있었더라면…… 그러면 나는 더 큰, 다른 기회를 엿보았겠지. 모든 것은 큰아버지가 병으로 눕게 되면서 시작되었어. 네가 없는 틈에 아버지가 대장을 돌보는 역할을 자처하게 된 거지. 아버지는 어머니가 주도적으로 해가시는 원예 사업에 싫증이 났을 뿐만 아니라 그 허풍이 다시 고개를 든 거야. 아버지가 정말 정성껏 큰아버지를 보살폈다는 것을 부인하지는 않아. 그러나 진심은 하늘만 알겠지.

한 번 시작하니 참 쉬웠어. 은행 심부름과 큰아버지 재산 관리를 네 대신 아버지가 맡게 되면서 결제나 현금을 다룰 때 조금씩 금액을 속이는 거……. 아버지는 그런 거는 사실 형제 사이에 큰 문제가 되지 않는다고 생각했을 거야. 나도 반쯤은 그렇게 생각해. 그러나 그런 류의 일은 절대로 자연스럽게 멈추어지지 않아. 점점 더 손이 커지지. 이상한 사람들도 만나고 더 큰 것들이 눈에 보이는 거야. 땅문서의 명의를 아버지, 그리고 내 이름으로 변경하는 것은 그리 어렵지 않았어.

처음에는 이런 범죄에 아들을 끌어들이는 부성에 대해 많이 생각했지. 그렇지만 정말 끌어들인 것일까. 물론 아버지의 심부름을 하다가 아버지가 벌이는 일의 성격을 알게 되었지. 관공서에 제출하는 서류 봉투를 열어보고 나는 아버지의 계획을 알게 되었어. 당장 뒤돌아서 집으로 왔지. 나는 온힘을 다해, 어릴 때 누나와 내가 자주 당한 것처럼 한바탕 몸싸움도 예상하고 그래도 항의했어. 이것은 믿어도 좋아. 나는 너와 큰아버지에게 당장 알리고 잘못을 빌자고 했지. 늦지 않았다고. 정말 그럴 생각이었어. 그러나 아버지는 화를 내지도 반응을 하지도 않고 천천히 손을 내밀어 서류를 달라고 하더군. 아무 말 없이. 몇 년 전 그랬던 것처럼 목소리를 높이지도 완력을 쓰지도 않았어. 나를 흘끗 바라보더니 뒤도 돌아보지 않고 등을 돌렸어. 이틀 후 아버지는 지방 공사를 핑계로 트럭에 나무를 싣고 나를 옆자리에 앉혔어. 그는 앞으로의 나에게 닥칠 전망 없는 미래를 그려 보여줬어. 그리고 그 다음 나와 누나에 대한 분홍빛 계획을 펼쳐 보였지. 아버지는 달변이 아니야. 그렇지만 눈독 들인 목표물을 얻기 위한 유혹의 언어를 잘도 구사하는 특별한 입술을 가지고 있지. 아버지는 변하지 않았어. 큰아버지가 돌아가신 후에 그는 그곳에 도착하던 날보다 더 불행한 사람이 되었지.

그즈음 너는 주말마다 집에 들렀으니 어쩌면 모든 일의 실상을 알고 있었을지도 몰라. 의사가 말한 것보다도 6개월이나 일찍 큰아버지가 돌아가신 것을 너는 어떻게 설명할 수 있겠니? 공식적으로는 나도 설명할 길이 없어. 큰아버지에게 남은 시간은 아버지에게는 기회였기에 마을의 한두 사람이 말하는 것처럼 아버지가 형의 이른 죽음에 책임이 있다고는 생각할 수 없어. 나는 아버지가 어떤 사람인지를 알거든. 큰아버지의 사망이 공식적으로 되자마자 아버지가 더 이상 비리를 저지를 수 없었으니까 말이야. 아니면 그것이 큰아버지의 앞당겨진 죽음의 이유가 아니었을까? 죽음으로 악이 멈추어진다는 것은 참 비참한 일이야. 그렇기에 죽음이 기회이기도 한 것이겠지.

어쩌면 너도 다 알고 있는 잡다한 얘기들! 이제 거의 다 왔어. 전주가 너무 길었다. 내가 해야 하는 얘기를 짧고 간단하게 하도록 하자. 아버지는 그가 하던 일을 한 것뿐이야. 그는 그저 둔한 사람일 뿐이야. 욕심이 앞설 뿐 그가 한 일에 대해 도통 생각이 없는 그런 사람. 늘 허기에 허덕이는 사람. 배가 고플 때 눈앞에 차려진 음식을 먹는 것과 뭐가 다를까. 본능적으로 그는 그것을 입안에 넣을 방법을 생각하는 거야. 형의 집에 차려진 식탁이니 훔친다는 생각이 없이 그는 일을 저질렀을 뿐이야.

나? 나는 달라. 나의 계획은 다른 거였어. 어느 순간에 이 계획이 내 머릿속에 들러붙어 떠나지를 않았어. 계획이라기보다는 숙제라고나 할까. 오래전부터 미루어두었던 것. 무시하려고 했지만 늘 어느 구석엔가 도사리고 있었던 것. 아마도 너의 말더듬증이 시작되던 즈음? 그게 용기를 주었을 수는 있지만 아니야. 훨씬 전에 시작되었어. 아주 오래전의 어느 날 그 계획은 시작되었어. 모르고 있었을 뿐이지. 모르는 척하고 외면했을 뿐.

그리고 어느 날 아침 내가 눈을 떴을 때 모든 게 선명해졌지. 나를 사로잡은 것은 한 장면이야. 두 개의 통통하고 작은 손, 절대로 떨어지지 않을 것처럼, 마치 그렇게 태어난 것처럼 서로를 잡고 있는 틈 없는 두 손. 어느 날 선명하게 떠오른 이 장면을 나는 오래 들여다보았어. 그리고 그 잡은 두 손의 영상은 나를 떠나지 않았지. 시도 때도 없이, 삶의 모퉁이에 떠올라왔어.

뇌리에서 이걸 지우려고 얼마나 애썼겠니. 되지 않았지. 나는 거의 소리쳤어. 바로 이거야. 이 두 손을 떼어놓자. 그렇지 않으면 나는 살 수가 없다. 여기서 벗어나자. 할 수 없으면 도망치자. 아니 두 손을 자르고 도망치자. 그건 그다지 어렵지 않았어. 잘라놓고 나니 그 손들은 그다지 견고한 것이 아니었어. 보이지 않는 더 단단한 것들이 다른 곳에 널려 있었어. 어쩌다 모여 나무 문에 파랑색 칠이나 하는 그런 손들이지만 그 손들 사이를 잇고 있는 투명한 줄. 한 고리가 끊기면 되겠지. 나는 상미를 데리고 도망쳤어.

나는 매일 조금씩 늘어나는 동일한 내용을 두

개의 USB에 저장해놓았어. 하나는 네게, 다른 하나는 상미를 위해 준비했어. 상미에게 약속한 대로야. 시간이 흘러 이미 잊어버렸겠지만. 고칠 것도 덧붙일 것도 없어. 그냥 앞으로 나가는 거야. 다시 내 목소리를 듣고 싶지 않아. 미완인 채로 구멍이 있는 대로 여기서 끝내기로 한다. 세부가 무엇이 중요하겠어. 그저 나와야 할 것들이 나온 것뿐. 오늘이 고비였어. 마지막 1, 2분에 도달하기가 힘들어 여러 시간이, 여러 날이 흘렀네. 갑자기 맥이 풀리고 현기증이 나는군. 몸이 조금 떨려. 이제 얼마 남지 않았어. 곧 끝나. 내일 아니 모레쯤.

이것을 내가 너희 둘에게 전할 때가 언제가 될는지 나는 알 수 없다. 이 녹음 파일이 네게 먼저 도착할지 내가 그 전에 네 앞에 나타날지 그건 잘 모르겠어. 그 전에 내가 이 파일을 모두 삭제하지 않는다면 우리는 볼 수 있겠지. 나는 가끔 이 파일을 듣고 있을 너와 상미를 생각해. 그러나 아무것도 상상할 수가 없어. 너, S의 얼굴도, 상미의 얼굴도 떠오르지가 않아. 블랙아웃이야. 그렇게 될 수만 있다면, 거기서 다시 시작할 수만 있다면.

가을이라 밤이 빨리 온다. 이제 다들 아름답다고 하는 A시의 시내를 가로질러 집으로 가야겠지. 조명으로 아치를 이루면서 고색창연한 옛 건물은 차갑게 화려함을 자랑하네. 이제 얼마 지나지 않으면 이곳에서 노엘이라고 부르는 성탄절을 맞이하려고 거리의 상점들도 온갖 빛 장식을 하지. 아틀리에 아신도 어떻게 꾸밀까 생각을 해야 할 때야. 아직은 시간이 있어.

점점 빛이 드물어지는 골목들을 돌고 또 돌아 갈증이 온몸을 집어삼킬 때면, 저 멀리 도시 외곽에 줄지어 지어놓은 저렴한 작은 임대 건물의 한 칸으로 스며 들어간다. 그리고 모든 것을 잊고 혼절하듯 어두운 잠 속으로 하강하는 나날들. 자 오늘은 여기까지야. 스톱 버튼을 누르고, 천천히 일어서 열쇠를 챙기고 밖으로 나가 문을 잠그런다. 오늘은 이만 안녕.

 몇 명의 단골손님이 생겼다. 그들은 내가 상점
에 나가는 날을 골라 들른다. 아마 정우가 출근하
는 날에는 그 나름의 단골이 생겼을 것이다. 그러
나 우리는 상점에서 일어난 일에 대해 시시콜콜
이야기 나누지 않는다. 귀가할 때 컴퓨터에 하루
의 매출을 기입하고 하루의 현금 수입은 상자에
넣고, 필요한 만큼 꺼내 쓰는 원시적 경영 방법이
우리에게 편안했다. 물건을 주문하고 대금을 지
불하는 일은 인터넷으로 내가 맡아 하고, 이곳의
행정적인 처리는 정우 몫으로 자연스럽게 일이
나뉘어졌다. 나는 정우가 상점에 나와 무슨 일을

하며 시간을 보내는지, 그가 말해주는 것 외에는 알고자 하지 않는다. 그 또한 나의 시간 사용에 대해 묻지 않는다. 서로 빤히 들여다보이는 시간의 경영. 우리는 더 이상 여행을 떠나지 않는다. 마치 우리의 이 작은 상점이 우리 일생의 과업인 것처럼 주말에는 컴퓨터 앞에 앉아 안구가 뻑뻑해질 정도로 새로운 물품을 찾아 인터넷 서핑에 몰두한다. 도시를 벗어나면 곧바로 자연이다. 걷고 또 걷는다. 추워지기 전에는 한나절 쉬기에 적합한 곳이 찾아질 때까지 걸어 도시락에 책 한 권으로 한나절 소일하다 저녁에 온 길을 거슬러 집으로 돌아오곤 했다.

단골이라고 해야 한 달에 한두 번 정도 집 안 장식을 위해, 선물하기 위해 물건을 고르러 오지만 매번 사 가지는 않는다. 서로 통성명도 하게 되었다. 나는 복잡한 내 이름과 같은 발음을 가진 상미라는 영어 단어를 택해 아이보리라고 소개한다. 원래의 뜻과는 멀지만 사람들이 '그간 어떻게 지냈어요, 아이보리?' 할 때는 아프리카에서 뿔을 잘리는 코끼리가 연상되어 묘한 자기 연민에 빠진다. 그 좁은 공간에 차와 커피의 향기가 가득 차는 날이다. 한국에 넘치도록 많은 과자류를 선별해 주문했기에 그것들을 팔기도 하지만 대개는 음료와 같이 대접한다. 많아야 성인 다섯 명이 들어서면 꽉 차는 좁은 장소이니 많은 물건을 진열할 수도 없어 새로운 상품들을 주문하는 대신 수시로 그것들을 교체해 진열해서 새로운 느낌을 주려고 애쓴다. 화방 뒤쪽의 작은 골방은 순서를 기다리며 쌓여 있는 물건으로 가득 차 있다. 세 명 모두 여성인 나의 단골손님들은 이곳 사람들이 그렇듯이 쉽사리 자신의 얘기를 하지 않는다. 자신의 얘기를 깊게 나눌 정도로 나의 언어 실력이 늘지도 않는다. 날씨와 다가오는 연말의 긴 연휴의 계획과 계절의 문화 행사에 대해 얘기한다. 그리고 한두 가지 조언을 주기도 한다. 누군가는 여행사를 겸하라고 한다. 다른 이는 한국을 좋아하는 사람들이 찾는 연예인의 사진, 색동천으로 만든 소품들이나 한국 전통의 나무 조각품도 팔면 잘될 거라고 추천한다. 한국을 여행해본 사람들이 제법 있다. 그들의 경험에서 서로 다른 조언

을 주지만 남대문이나 이태원을 이곳에 옮겨 올
수는 없다. 작은 공간은 물건들로도 가득해 빈자
리가 없다. 늘 떠날 마음을 가지고 있는 나는 그
공간이 가득 차는 것을 선호하지 않는다. 그 무질
서한 공간에도 질서가 있다. 그 질서는 나와 정우
밖에는 알 수가 없다. 우리 삶의 무질서를 닮았지
만 불행히도 우리는 물건만큼 투명하고 단순하지
않다. 정리가 순간적으로 이루어지지 않는다는
난점이 있다.

성호가 혼자 들렀다. 수업도 없고, 일하는 카페
도 문을 닫는 날, 일주일에 한 번 있는 휴식일에
가족과 보내는 것을 마다하고 그는 나를 보러 왔
다. 정우와 나의 결혼 이후, 넓은 원의 우리들은
정우와의 거리가 멀어졌다. 그는 내장하고 있는
가위로 우리와의 관계를 싹둑싹둑 잘라버렸다.
자연히 친구들은 나와도 예전 같지 않지만 몇몇
은 예외다. 성호처럼. 나는 내가 성호에게 요청했
던 상담의 내용을 성호가 우리들 누구에게도 알
리지 않았다는 것을 확신한다. 그것이 정우의 고
립의 원인이 아니다. 우리에게서 멀어지고자 한

것은 정우 스스로의 결정이었다. 그가 우리를 구성하는 넓은 원의 친구들과 멀어졌다. 그 이상은 나도 모르겠다.

점심시간이 되어 상점을 닫고 성호와 나는 이곳 사람들이 그렇듯이 카페에서 샌드위치와 음료를 사들고 조금 걸으면 나오는 동네 정원에 가서 앉았다. 10여 년 전 그날이 떠오르지 않을 수 없는 상황이었다. 성호가 그의 친구와 처음 연 시청 근처의 변호사 사무실로 찾아갔을 때 우리의 화방만큼이나 협소한 사무실을 나와 김밥과 음료를 사들고 덕수궁 의자에 앉았었다. 어릴 때부터 우리들 중에서 가장 앞서가던 성호였던지라 우리보다 한두 살 위였을 뿐인데 그때 그는 벌써 사회인이었다. 그에게 무슨 사건을 의뢰할 생각으로 간 것은 아니었다. 성호는 그 나이보다 성숙했고 침착했기에 나는 그를 신뢰했다. 시간은 어느 정도 흘렀지만 성호에게 파랑대문 집에서 정우가 내게 저질렀던 일에 대해 도움을 받고 또 조언도 듣고 싶었다. 정우가 내 앞에 나타나지도 못하고 작정이라도 한 듯 매일 사과의 전언을 보내던 즈음이었다. 그는 내가 법적인 조치를 취하면 그것도 달게 받겠다고 했다. 나는 그것이 구체적으로 무슨 뜻인지 성호에게 물었다. 이 모든 것을 성호에게, 수치감 없이, 정우에 대해서는 실망과 연민의 이중적인 마음을 가지고, 그리고 성호에게는 말하지 않았지만, S가 파랑대문 집에 대해 가지고 있던 꿈을 망친 것에 대해 깊은 미안함을 가지고 털어놓았던 것으로 기억한다. 김밥이 목으로 잘 넘어가지 않을 정도로 가슴이 메어왔다.

성호는 가만히 들었다. '정우 이 자식!' 하며 흥분하지도 않았고, 그가 잘하듯이 등을 두드리며 '상미, 너 힘들었겠구나……' 하며 섣불리 위로하지도 않았다. 우리가 앉아 있는 의자 앞의 연못에는 겨우 봉오리가 맺힌 연한 분홍색을 띤 연꽃들 위로 벌레들이 날고 있었다. 목은 메어왔지만 눈물이 날 정도는 아니었다. 정우에 대한 사건 직후의 강한 분노는 이미 그 기세가 쇠해 있었고, 나는 누군가에게 말해야 할 절실한 필요를 느끼고 성호를 찾아갔었다. 우리 사이에 창피함은 없었다. 나는 그날 일어난 일을 세세하게 성호에게 다

늘어놓았다. 친오빠에게라도 그날의 나처럼 그렇게 적나라하게 파랑대문 집에서 있었던 일을 그려내 보여주지 못했을 것이다. 그렇게 한 장면 한 장면을 단죄하듯이, 마치 상상 속의 정우에게 현장 검증을 시키듯이 성호에게 말하고 나니 속이 후련했었다. 감정적인 충격도 완화되어갔다. 머릿속에서 과장되고 왜곡된 장면들이 사실적으로 정리되었다. 성호는 연못에 시선을 드리우고 벤치 모서리를 쥔 손에 힘이 들어가 팔목의 근육까지 불거져 있었다.

한참이나 그는 말없이 가만히 연못을 바라보고 있었다. 사실 남자에게 하기에는 쉽지도, 적합하지도 않은 방식의 설명을 했다는 데 생각이 미쳤다. 나는 그런 나 자신이 우스워서 깔깔거리며 웃었다.

"이런 얘기 처음 듣지? 내가 돌았나봐. 창피한 줄도 모르고. 그런데 창피해해야 하는 사람은 정우야."

성호는 그제야 얼굴을 들어 나를 바라보고 자신도 웃었다. 서서히 그의 팔목의 근육이 풀리고

성호는 팔짱을 끼고 나를 들여다보았다. 놀랍게
도 그의 두 눈에 눈물이 어려 있었다. 이어 곧 농
담으로 고인 감정을 흩어버렸다.

"상미 너는 정말 내가 남자로 안 보이나 보다.
뭐 그렇게 자세히……."

그도 웃었다. 우리는 이런저런 얘기를 하다가
다시 이 주제로 돌아왔는데, 그때 했던 성호의 말
을 나는 또렷이 기억하고 있다.

"상미야. 세상의 법으로 너는 정우를 고발할
수 있지. 너의 어조의 강도에 따라 그는 벌을 받
을 수도 있을 거야. 그렇지만 법이 좋아하는 결
정적인 단서도 없고, 사건도 일어나지 않았어. 그
는 사과했지. 여러 정황으로 볼 때 정상참작이 될
거야. 그게 네가 묻고 싶은 답은 아닐 거야, 그렇
지? 우리에게는 우리의 법칙이라는 것이 있잖아.
어디에도 써 있지 않지만 우리 모두가 잘 알고 있
지. 우리가 세상에서 어쩌다 만났다 헤어질 사람
처럼 할 수는 없지 않을까."

성호는 덧붙였다.

"정우가 많이 아픈가 보다!"

매서운 겨울을 향해 가는 대낮의 하늘은 옅게 푸르렀다. 성호는 내가 건네준 샌드위치 반쪽까지 다 먹고 그 하늘을 걱정스럽게 바라보더니 말했다.

"상미야. 우리 집 맏이에게 문제가 생겼어. 프랑스어가 싫다면서 학교서 말을 안 한단다."

"집에서는? 주은이하고 얘기는 해봤어?"

"집에서도 마찬가지야. 혼자서 한국의 할머니네로 돌아가겠대. 어쩌냐?"

프랑스 시골 마을의 초등학교에 입학한 유일한 아시아 소녀. 프랑스어라고는 장난처럼 몇 단어 배운 게 다인데, 부모 따라와 학교에 억지 입학한 여덟 살 소녀. 놀리는 아이들. 어느 나라에서 왔건 이 나라에 온 이상 프랑스어는 해야 한다는 무언의 압박을 감지했을 자존심 강한 소녀, 주은.

"너 예전에 한두 해 초등학교 문제아들을 위한 방과 후 교사 하지 않았어?"

까맣게 잊고 있던 짧은 전력을 성호가 불러낸다. 아, 그랬지. 학교 졸업하고 취직하기 전에. 드라마 치료 강의에 흥미가 있어서, 그 강사가 한다는 훈련 과정에 참여했었다. 그 덕분에 방과 후 교사로 일할 기회가 생겼었다. 성호는 기억력도 좋다. 그러니 일찍 변호사 되고, 또 그거 접고 뒤늦게 겁도 없이 다시 학생이 되었겠지. 나는 놀라는 시선으로 성호를 바라보았다.

"에고. 그런 적이 있었네……. 내가 주은이 데리고 입 좀 떼볼까?"

그는 나의 대답에 완연히 표정이 밝아졌다.

"그래, 그게 바로 나와 아내가 고심하다가 해낸 생각이야. 주은이 계속 이러면 어디 여기서 살겠니? 애 좀 도와줘."

"어떻게 할까? 이번 주말에 데리고 와볼래?"

말을 하지 않기로 작정한 여덟 살짜리 소녀와의 여러 번의 주말은 내게 커다란 위로가 되었다. 나는 특별한 방법을 가지고 있지 않았다. 주은이와 있는 주말 내내 나는 생활의 모든 것을 주은과 함께했다. 나는 주은이보다 좀 더 일찍 이 나라 생활을 시작한 사람으로서 주말 내내 주은을 데리고 나가 거리를 걷고 물건을 사고 식당에서 점심을 먹고 카페에서 음료수를 마셨다. 프랑스 사람들이 많은 장소를 골라 들어갔다. 주은에게 말을 붙이려고 억지로 수고하지 않았다. 첫날에는 서로 하루 종일 말 한 마디 하지 않고 지냈다. 주은이는 나와 입을 다무는 내기를 하는 것 같았다. 침묵 내기라면 나도 한가락 하지 않나. 나는 주은이와 손을 잡고 평화로운 도시를 걸으면서 보아두었던, 주은이 또래에 맞는 놀이터를 순례했다. 가게들과 전시회장을 둘러보거나 특별히 말이 필요 없는 만화영화도 보러 갔다. 아틀리에 아신으로 정우도 보러 갔다. 두 주말을 그렇게 보내고 성호가 주은을 데리러 오면 집으로 돌려보냈다.

세 번째 주말에 주은이 입을 뗐다.

"이모는 내가 무서워?"

나는 그 말을 '이모, 난 사람들이 날 싫어할까 봐 무서워 말을 못 하겠어'로 이해했다. 그래서 실수의 여지를 감안하고 말했다.

"응 무서워. 아무 말이나 하면 좋겠어. 그런데 하기 싫으면 안 해도 돼. 어른이 되면 하기 싫어도 말 많이 해야 되거든."

그날은 이 한마디였다. 그러나 시간이 지나가면서 주은은 조금씩 말수를 늘려갔다.

먼저 프랑스어 비난으로 시작했다. 답할 말이 없었다. 나는 그저, 말은 다 어려운 거야, 했다. 그런데 어른이 되면 조금 쉬워져. 이어서 A시에 대해 불평했다. 지하철도 버스도 없는 코딱지만 한 도시. 서울밖에는 본 적이 없는 주은의 당연한 반응이었다. 버스가 있지만 자주 다니지 않아. 답답하지? 이모가 너 꼭 여행시켜줄게. 여기 올 때 비행기 갈아타느라 잠시 머물렀을 거야. 파리라는 곳이야. 버스도 지하철도 많은, 재밌는 곳이야. 약속할게!

성호가 걱정하는 것처럼 부모에게 무슨 잘못이 있어서 주은이 입을 다무는 것이 아니었다. 학교에서 사고가 있었던 것도 아니었다. 아이는 두려워하고 있었다. 이 새로운 나라의 선생님들과 친구들에게 영영 받아들여지지 않을 것만 같은 두려움이었다. 또 그 사정을 부모가 알아차리지나 않을까 걱정하고 있었다. 반 아이들의 자신에 대한 태도를 이해하지 못한 주은은 그들이 자기를 놀린다고 생각했던 것 같다. 주은은 그들에게 아무 반응을 할 수 없는 것이 너무 답답해 아예 입을 다물어버리기로 작정한 듯했다. 자기도 그들을 놀려주고 싶지만 프랑스어로 할 수 없고, 한국어를 하자니 상대방이 못 알아들을 것이고. 예민한 나이였다. 이후에도 주은은 이따금 놀러 왔다. 그러나 시간이 지나면서 주은은 주말이면 친구들 집에 가거나 친구들을 집으로 불러 노느라 우리에게까지 올 여력이 없는 듯했다. 성호와 그의 아내는 나를 주은의 은인 취급을 했지만 사실 내가 한 것은 아무것도 없었다. 주은에게서 두려움이 사라지기를 기다리며 몇 주말 같이 시간을 보내준 것 외에는. 우리가 주은의 부모가 아니어서 안달이 덜했을 뿐이다.

S는 무엇이 무서웠을까. 무슨 말이 입 밖에 나올 것이 두려워 말을 더듬게 되었을까. 손님이 없는 아틀리에 아신의 한가한 오후, 나는 깜빡 졸았고 S네 집 마당에 늘 놓여 있던 유년의 평상에 나란히 앉아 있었다. S는 조금도 더듬지 않고 말했다.

"상미야, 내 소중한 여동생, 사랑한다."

나는 깜짝 놀라 선잠에서 깨어났다. 이곳에 온 지 어느새 1년이 넘어가고 있었다.

10

마침내 마지막 파일까지 끝냈다. 늘 하듯이 하루의 분량을 두 개의 USB에 복사해 가방에 넣고 일어섰다. 겨우 녹음을 마쳤을 뿐인데 마음속의 무거운 돌덩이가 잘게 부수어져 마침내 녹아 없어진 것 같은 해방감이 들어찬다. 한 마디 한 마디 단어들이 돌을 부수는 징 역할을 했다. 환성을 지르고 싶다. 그러나 단 10초의 해방감이다. 다음 순간, 먹구름이 시야를 덮는다. 이것은 단지 예행연습일 뿐이야. 거기서 더 가야지. 십수 년 만에 S 앞에 나타나는 나를 상상해본다. 내가 말로 담아 간 것을 전달하는 것, 그건 아무것도 아니다. 그것을 나의 목소리로 고백하고 용서를 구하는 것. 고백까지는 할 수 있을 것 같다. 그러나 그다음 은…….

어느 날 상미가 화랑의 벽에 날아가는 나비를 닮은 형상으로 붙여놓은 아기 양말을 보았는데 거기서 시선을 뗄 수가 없었다. 무슨 의도가 있었 겠는가. 저게 위로가 돼서 그래, 상미는 말했다. 바로 그날 그 형상은 내 가슴을 아프게 찔렀다. 누군가는 3개월 겨우 지나고 한 유산을 너희 부 부만 당했느냐고 비아냥거릴 수 있다. 아직 시간 이 있으니 아기 빨리 만들어라. 이런 얘기를 듣기 싫어 나는 우리와 아무 연관이 없다고 생각한 마 리옹을 제외하고는 어느 누구에게도 아직 사실을 알리지 않았다. 바로 그 전에 내가 해야 할 일을, 우리를 떠난 아기가 내게 요청하고 있었기 때문 이다. 아기에게는 내게 무언가를 요청할 권리가 있었다. 그 나비 양말에 부추겨져서, 한가한 상점 의 무료한 시간에 나는 다시는 보지 않겠다고 마 음먹은 아기의 초음파 영상을 다시 찾아보았다. 나도 모르게 빈 시멘트 바닥에 무릎을 꿇었던 것 같다. 그렇게 나의 녹음 작업이 시작되었다.

아직 이른 시간이다. 상점의 문을 닫고 걷는
다. 시내 중심가를 향해 걷는다. 역 주변에는 늘
그렇듯이 서너 명의 노숙자들이 길게 누워 있다.
역 앞으로 모이는 그들의 숫자가 늘어나는 계절
이다. 날씨가 좋을 때 그들이 갈 곳은 많다. 그러
나 추위가 시작되면 역사만큼 바람을 막아줄 곳
은 많지 않다. 그중의 한 명에게 내가 손을 들어
보인다. 피에르 보쉬. 그가 내게 알려준 이름이다.
진짜 이름인지 아닌지는 알 수 없다. 그 앞에 놓
인 작은 스테인리스 그릇에 유로 동전 두 개를 던
져 넣는다. 쨍그랑. 그는 내 쪽에 시선을 두고 있
으면서도 빙긋이 웃음기만 띨 뿐 반응이 없다. 어
느 날 그와 얘기를 나눈 적이 있다. 놀랍게도 그
는 한때 A시 외곽의 숲속에 위치한 유명한 연구
단지의 촉망받는 연구원이었다. 연이은 재앙이
그를 덮쳤다. 사춘기 아들의 마약 복용과 폭력,
아내와의 별거, 이어진 자신의 알코올 중독……
신기할 것도 없이, 우리의 삶에 어느 날 닥쳐 삶
을 조각내버리는 사건들이다. 짧은 시간에 그는

자발적 노숙인이 되었다. 그를 만나고 또 인사하고 멀어질 때마다 그의 자리에 나의 모습이 겹쳐져, 애써 그를 피해 에돌아 시내로 가기도 한다.

작은 도심에 단 하나 있는 중국 식품점에서 김치찌개거리를 샀다. 캔에 들어 있는 김치와 두부와 야채와 중국식 반찬거리들. 작은 원룸에서 요리를 하면 실내는 물론이고 복도 전체에 냄새가 가득하지만 오늘은 어쩔 수 없다. 김치찌개의 매콤함으로 내장을 채우지 않으면 안 될 것 같은 절실한 몸의 요청이 있다. 정말 몇 년 만에 저녁상 준비를 해보는 셈이다.

마주 앉은 상미에게 이렇게 말할 수 있을까.

"너와 약속한 것 이제 실행하려고 해."

걸으면서 나는 소리 내어 그 문장을 발음해본다. 천천히, 외국어를 처음 배운 사람처럼 어색하게. 그래 이 문장은 내게는 외국어다. 외국어처럼 반복해본다. 우선 상미는 내가 무슨 말을 하는지 고개를 갸우뚱할 것이다. 오래전의 일이니 설명 없이 상미가 알아채지 못할 것이다. 아무리 문장을 연습해보아야 소용이 없다. 아직도 나는 준비가 되지 않았다. 상미가 요청한 단 하나의 결혼 조건은 내가 S에게 가서 모든 것을 고백하고 용서를 얻어오라는 것이었다. 파랑대문 집 사건 이후 나는 상미의 마음을 얻으려고 1년 넘게 혼신의 노력을 했다. 상미의 마음이 조금 열렸다. 한 달의 시간을 둔 이후에 나는 상미에게 약속을 지켰다고, S가 용서했을 뿐 아니라 진심으로 축하의 말을 전했다고 했다. 거짓말이었다. 나는 상미와 S 사이에 이 일에 대한 확인이 이루어졌는지는 알지 못한다. 내가 아는 한 상미도 S도 그런 것을 서로 확인하는 부류의 사람이 아니다. 나의 거짓말은 그런 믿음에서 대담하게 저질러졌다. 어릴 때의 치기라고 하기에는 상미와의 결혼이라는 나의 전쟁은 진지하고 전면적이었다. 상미가 파랑대문 집에서 "그만해 제발!"이라고 나를 내치지 않았어도 이 전쟁이 이토록 치열했을까. 나 자신 알 수 없다. 누나까지 동원해 우리 그룹들에게 결혼 소식을 미리 소문냈다. S에게서 상미를 떼어내는 것, 둘이 잡은 손 사이에 끼어 들어가야만 하는 절체절명의 사명. 그뿐인가, 소년이 잡고

있던 그 손의 자리에 내 손이 들어가는 것. 그 옛
날, 만취한 아버지가 거칠게 몰던 낡은 임대 트럭
뒤에서 혹시 사고가 날까 두려워 잠을 잘 수 없
었다. 한밤중에 집으로 들어와 엄마에게 당장 떠
나니 짐을 싸라고 윽박질렀다. 아무리 작은 거처
지만 어른 둘 아이 둘의 살림이 쉽게 싸지나. 동
네 친구들, 이제 막 초등학교 2학년에 올라간 누
나의 학교는 어떡하고……. 질문의 여지가 없었
다. 나는 많지 않은 장난감을 아버지가 우리를 향
해 던진 박스에 누나 책과 함께 집어넣었다. 멀지
않으니 사정 보아 다시 올 수 있다고 했다. 다 버
리란다. 이런 갑작스런 이동을 벌써 여러 번 경험
한 누나는 신속하게 엄마를 도와 아버지가 골목
에 세운 트럭에 짐을 날랐다. 뒤에 쫓아오는 사람
도 없는데 아버지는 연신 뒤를 돌아다보며 거칠
게 페달을 밟았다 떼었다를 반복했다. 그때 아버
지에게 운전면허증이 없었을 거라는 생각이 아
주 후에나 들었다. '너희들 말만 안 들어봐. 핸들
만 꺾으면 우린 다 골로 간다! 까짓거 지금 와서
막판이야 막판!' 겨우 잠들었는데 누나가 깨웠다.

떠날 때도 여명이 있었으니 우리는 그다지 먼 거리를 온 것이 아니었다. 두 시간 남짓한 거리. 스산한 아침, 겨우 눈을 떴을 때 눈에 들어온 굳게 잡은 작고 통통한 두 개의 손. 잡은 손에서 갈라지는 두 가지를 따라가 보니 이쪽저쪽에 두 얼굴이 있었다. 미소를 띠고 사촌을 맞기 위해 달려나온 한 소년. 그 소년의 손을 힘주어 잡고 새로운 마을 식구가 될 트럭 위의 소년을 큰 눈망울로 집중해서 바라보던 한 소녀.

결혼을 한 이후 여러 정황은 내가 S에게서, 또 우리에게서 멀어지는 것을 자연스럽게 도왔다. 새로운 직장을 평계로 우리는 자주 이사했다. 상미의 일자리 또한 늘 안정적이지는 않았다. 이런저런 이유로 도망칠 평계는 무수히 많았다. 나는 이렇게 다시 돌아올 수 없을 만큼 멀리 갔다. 내 자신에게서 너무 멀리 왔다.

이곳의 가을은 가슴을 설레게 하는 무언가가 있다. 하늘의 푸른색이 옅어지면서 몇 센티미터 더 지상으로 내려온다. 여름의 흥분이 가라앉고 거리의 창문에서 따뜻한 노란색의 안온한 빛이

새어 나온다. 이곳에 온 지 벌써 1년이 훌쩍 지나
갔다. 나는 벌써 했어야 하는 숙제를 뒤늦게라도
완수한 사람의 가벼운 설렘을 느끼며 우리의 숙
소가 있는 원룸으로 걸음을 빨리한다. 실내에 불
을 켠다. C시에서의 사건 이후 빈집에 혼자 들어
설 때마다 나를 사로잡는 긴장은 어느새 사라지
고 아주 오랜만에 느끼는 낙관적 기대가 나를 맞
는다. 그래 모든 일이 다 잘될 거야…… 하는 근
거 미상의 기대. 상미는 아직 귀가하지 않았다.

인터넷에서 김치찌개 만드는 법을 검색한 뒤
인쇄지를 옆에 두고 김치가 들어 있는 캔을 딴다.
하나, 둘, 셋…… 이왕 냄새 풍기는 김에 충분히
만들어두기로 한다. 김치의 소를 털어내고……
캔 김치에는 털어낼 소가 그다지 많지 않다. 3센
티미터 정도로 썰고…… 캔 김치는 이미 그 정도
크기로 썰려 있다. 종이에 적힌 대로 김치찌개가
얼추 익어갈 때쯤 문자가 도착한다. 상미의 문자
다.

'미안. 단골손님의 초대로 저녁식사 중. 귀가
늦을 예정.'

늘 명사형 단문으로 끝나는 상미의 전언. 늦는
다는 귀가 소식은 오히려 나를 안심시킨다. 오늘
도 그녀에게 얘기할 기회를 놓쳤다는 역설적인
안심. 우리는 문자에 우리 나이의 부부들이 쓰는
하트 이모티콘 한 번 날린 적이 없다. 오래전 그
날 파랑대문 집에서 나는 일생 동안의 '사랑해'를
농축해 한마디에 담았다. 그러나 나는 상미를 사
랑하지 않았다. 그녀는 그 질량을 몰랐기에 단순
하고 가볍게 대답했다. 나도 널 사랑하지. 새삼스
럽게. 문제는 그다음이다. 동일한 단어인데, 그 농
도와 질량의 차이에 부추겨져 의지보다 강한 무
엇이 말을 배반했다. 뺨을 한 번 어루만지고 따귀
를 갈기는 영화 속의 깡패처럼. 왜냐하면 나는 그
누구도 사랑하고 있지 않았기 때문이다. 그 부분
을 녹음하는 것이 가장 어려웠다. S가 바로 앞에
있는 것처럼, 고개를 숙이고 수없이 말을 멈추면
서, 기억나는 한 상세히 상자 속에 넣어두었던 그
순간을 되살려내는 것이 가장 큰 고통이었다. 순
간적으로 일어난 그날의 현장 검증에만 이틀이
걸렸다. 내 속에서 일어난 그 이상한 일들을 나

는 되도록 자세히 기억해 말하려고 노력했다. 아마도 S에게 가장 큰 분노를 자아낼 부분일 것이다. 내가 그날 이후 그녀에게 그 흔한 '사랑해' 한마디 못 한 것은 미안함과 자괴감 이상의 어떤 것 때문이었다. 그 고백과 함께 그날 밤 나를 지배한 그 이상한 힘에 내가 다시 굴복할 것에 대한 두려움이 여전히 나를 지배한다.

찌개는 매콤하고 구수한 냄새를 풍긴다. 나는 정성껏 나, 우리를 위해 식탁을 차린다. 식탁이자 책상이기도 한 사각의 나무 판 위에 식탁보를 덮고 정성을 쏟아 음식을 배치한다. 부재중인 상미와 나의 자리를 준비하고 천천히 방금 완성한 찌개 맛을 본다. 썩 괜찮다.

11

어느 날 귀가해보니 사각으로 접힌 종이 한 장
과 USB 하나가 상 위에 놓여 있었다. 접은 자리
가 낡은 오래된 종이를 펴보니 어딘지 익숙한 이
런 게 눈에 들어왔다.

무엇을 두려워하는가
예상할 만한 가장 끔찍한 일은
벌써 일어났다
어떤 파괴가
완성되었다

색 바랜 볼펜 자국 아래 또 다른, 그러나 이 또한 익숙한 글씨체로 몇 줄이 덧붙여져 있다.

침묵이 말이 될 때
삶이라는 축제는
다시 시작된다

내가 정우에게 보낸 편지지 그대로였다. 그 오래전, 그의 사과와 용서의 요청과 죽겠다는 위협에 대해 미성숙하지만 단호한 필체로 내가 정우에게 보낸 거절의 편지였다. 편지지의 갱지는 누렇게 바래 있었다. 색은 변했어도 이날을 기다리며 어딘가에 숨어 있던 편지 전체는 구김살 하나없이 잘 보관되어 있었다. 그 밑에 짙은 파랑색볼펜으로 정우가 세 줄을 덧붙인 것이다.

나는 거의 일주일에 걸쳐서 정우가 남기고 간길고 긴 파일을 모두 들었다. 그의 목소리가 작은 원룸을 채우도록 이어폰 없이 볼륨을 높이고들었다. 그의 숨소리, 그의 한숨과 어이없어 하는 자조의 웃음소리, 농담, 울먹거리는 회한의 침묵……. 그가 바로 S와 나의 면전에서 두 손을 앞으로 모으고 말하는 것같이 생생하게 들려왔다. 10여 년 만의 약속 이행. 아무리 지연되어도 대답 안 된 약속보다는 이렇게라도 지켜지는 것이 좋다. 그리고 이렇게 전달될 수밖에는 없는 전언들이 있는 것이다.

그는 이렇게 끝냈다.

"우선 이것을 네게 먼저 우편으로 보낼 거야. 메일로 보내는 것보다 이렇게 파일을 떠나보내는 것이 내게는 중요해. 이기적인 이유지. 나의 해방을 위해서. 상미에게도 동일한 파일을 주려고 해. 이 두 파일 외에 우리와 관계된 무언가가 광대한 정보 공간을 익명으로 떠돌아다니는 것을 상상하기 싫어서 말이지. 내가 너를 만나러 가는 날, 그게 언제가 될지 모르지만 나는 그 전에 네가 이것을 인내심을 가지고 끝까지 들어주었으면 좋겠다. 그럴 수 있다면, 만약 네가 그럴 수 있다면 듣고 난 후 파일을 없애주면 좋겠다. 내가 네 사무실의 문을 두드리고, 네가 문을 열었을 때 네 얼굴을 보는 그 순간 모든 것이 결정될 테지. 그

때쯤이면 상미도 내가 두고 온 파일을 다 들었을 거야. 나는 미래가 무엇을 계획하고 있는지 알 수 없어. 너에게서, 또 상미로부터 영원히 멀어질지도 모르지. 그렇지만 어떻게 시간을 넘어 존재하는, 공유한 시간의 힘을 믿지 않을 수 있을까……."

파일이 마지막으로 녹음된 날짜는 1개월쯤 전으로 되어 있었다. 그 기간을 망설이다가 그는 내게 결국 말할 기회를 가지지 못하고 떠난 것이다. 그도 나 몰래 혼자 아무 때나 떠날 수 있게 여행비를 비축해두고 있었다는 사실에 피식 웃음이 나왔다. 왜냐하면 C시에서 도둑맞은 현금에는 못 미치지만 나 또한 언제든지 어딘가로 떠날 수 있는 여행비가 얼추 채워졌기 때문이다. 그는 어떻게 했는지 모르지만 나는 매일, 몇 번의 예외가 있기는 했지만, 수입이 있을 때마다, 10유로씩을 작은 봉투에 따로 모았다. 그 돈이 대체 어디서 나왔겠는가. 결과적으로 우리의 작은 아틀리에 아신이 그런대로 괜찮게 굴러갔던 모양이다.

그가 떠났다고, 초겨울이 되었다고 나의 일정을 변경하지는 않았다. 한 시간을 걸어 화방 문을 열고 저녁이 되면 문을 닫고 다시 한 시간을 걸어 집으로 돌아간다. 낮은 점점 더 짧아지지만 나는 시간을 놓치면 20여 분을 기다려야 하는 버스를 일찍이 포기한다. 가끔 하루 정도 그가 근무하는 날에 문을 열 때도 있지만 문 앞에는 손님들을 위해 '주인의 개인 사정으로 당분간 3일 오픈'이라고 쓴 카드를 붙여놓았다. 일주일에 3일을 열고 이틀은 시청의 연극 수업에 참여하고 하루는 때로는 화방에 나오거나 하루 종일 사람도 드물고 황량한 도시 외곽의 경계에 지어놓은 작은 아파트 단지를 돌아다닌다. 소형의 저가 임대료의 아파트 단지에는 아이들이 많다. 물에 젖은 모래에, 바닥이 더러운 놀이터에는 오전 내내 검은 부르카를 머리에 쓴 눈이 크고 검은 젊은 어머니들이 두세 명의 아이를 모랫바닥에 내려놓고 내가 알아들을 수 없는 언어이기에 더 크게 들리는 목소리로 수다에 빠진다. 아이들끼리 싸워 울음이 터질 때까지 그녀들은 자유다.

벤치에 앉아 책을 읽으니 옆에 앉아 있던 이탈리아인인지 스페인인인지 잘 구별이 안 가는 한 여인이 강한 악센트를 넣어 어느 나라 말이냐고 묻는다. 중국? 일본? 한국? 그때에야 나는 Atelier:A Seen의 명함을 건네준다. 이 여성들이 도시 변두리 골목의 그 가게까지 온다는 보장은 없다. 그러나 이들이 꼭 한 번 그곳에 들르기를 바라는 마음을 담아 말한다.

"꼭 한 번 들르세요."

책에 시선을 꽂고 있지만 귀를 크게 열고 놀이터에서 들려오는 지휘자 없는 기이한 합창에 몰입한다. 아이들이 억울함을 호소하며 서럽게 울며 내는 새된 울음소리를 난해한 현대음악의 불협화음을 감상하듯 집중해서 듣는다. 아이가 코피를 흘리건 머리채를 잡고 싸우건 웬만해서는 무거운 엉덩이를 조금도 들썩이지 않고, 멀리서 욕을 섞어 울음을 그치라고 아이를 향해 소리치는 엄마들의 고성이 간간이 끼어든다. 아이의 울음은 내기라도 하듯 더 커지고 높아진다. 질렸다는 표정으로 노려보며 젊고 뚱뚱한 엄마는 우는 아이를 버려두고 검은 휘장으로 온몸을 감아쥐고 놀이터를 떠난다. 이제 겨우 걷는 것을 배운 아이는 자지러지게 울며 일부러 단호하게 뒤도 돌아보지 않고 멀어지는 엄마 뒤를 뒤뚱거리며 따라간다. 왜 세상의 모든 엄마들은 세상이 변해도 이 잔인한 벌을 멈추지 않을까. 나는 아기를 번쩍 안아 엄마에게 데려가고 싶은 충동을 가까스로 누른다.

어느 날 갑자기 대장이 나를 불렀다. 아버지의 명령으로 S가 갑작스럽게 서울로 떠난 지 서너 달 지난 다음이었다. 내게 S의 새로운 전화번호를 주며 서울에 가서 S가 잘 지내고 있는지 보고 오라는 것이었다. S의 새 전화번호를 다른 친구들에게는 알리지 말라고 엄중히 지시했다. 그것은 많은 것을 의미했다. S가 하숙집에서 잘 지내고 있는지를 보고 오라는 것이 아니었다. 혹시 대장 몰래 S가 아줌마를 만나고 있는지, 그것이 가장 궁금했을 것이다. 대장이 보냈다고 절대 말해서는 안 되는 것이었다. 나는 정우랑 가도 되냐고 물었던 것 같다. 잠시 침묵한 대장은, S가 사는 하숙집은 찾기

도 쉽고 미리 전화하면 버스 터미널로 데리러 나
올 테니 혼자 가고, 꼭 집어 정우에게도 알리지 말
라고 했다. 나를 스파이로 보낸 것이었다. S를 만
나 한나절을 보내면서, 알아서 분위기를 파악하라
는 임무였다.

　S는 때에 맞추어 버스 터미널로 나를 맞으러
나왔다. 나는 그가 묵는 하숙집을 보자고 했다.
그것이 내가 온 임무인 것처럼. 나는 하숙집의 위
생 상태를 검사하러 나온 시청 직원이라도 된 것
처럼 엄격한 눈으로 흠잡을 데 없는 2층 주택을
겨우 밖에서 아래위로 살펴보았다. 남자 아이들
만 받는 그 하숙집에 내가 들어가는 것은 금지였
다. 점심때가 되어 들어간 그 동네의 분식집에서
나는 음식을 많이 시켰다. 그는 음식을 저장이라
도 해두려는 듯이 남기지 않고 천천히 씹으며 다
먹었다. 버스로 두 정류장 가면 있다는 그가 다니
는 고등학교 근처까지 걸어갔다. 학교 근처의 빵
집에서 콜라와 빵을 시켜서 또 먹었다. 우리는 별
다른 말을 하지 않았다. 말하지 않아도 우리는 편
안했다. 우리 중의 누구와도 그건 마찬가지다. 그

래도 몇 달 만에 만났기에 나는 그를 웃게 하려고
친구들의 소식을 과장해서 전했던 것 같다. 겨우
뒤늦게 고등학생이 된 정우의 소식도 전했다. 나
는 아무것도 묻지 않았다. 초겨울이었다. 어둑해
져서 돌아갈 버스 시간을 기다리며 터미널 근처
아파트 단지의 놀이터 벤치에 앉아 있을 때 그는
갑자기 얼굴을 두 손에 묻고 어깨를 들썩거렸다.

"왜 그래, 체했어?"

그는 얼굴을 들어 나를 지나 먼 곳을 보며 말했
다. 그의 두 눈에 눈물이 글썽했다.

"네가 너무 불쌍해서. 너는 엄마도 아빠도 없잖
아."

그가 다시 고개를 떨구고 손을 무릎에 모으고
발로 놀이터 바닥의 모래를 차는데 무릎으로 손
으로 눈물방울이 뚝뚝 떨어졌다. 나는 어른들이
하는 것처럼 S의 등을 쓰다듬어주며 천천히 말했
다.

"나도 아줌마 보고 싶어. 내가 꼭 찾아줄게!"

나를 파견한 우리의 대장을 배반하고 스파이로
서의 임무를 저버린 한나절의 여행이었다.

이후 S는 단단하고 단호하게 변했다. 대신 말더듬증을 혹처럼 달고.

어느새 나는 책의 글자들을 읽고 있지 않았다. 사방이 어둑해진 것도 겨우 알아챘다. 놀이터의 모랫바닥에는 이미 아무도 없었다. 조금 큰 아이들만 여럿이 이제는 그들 차지가 된 그네와 그들의 수준에 맞는 철제 놀이기구를 점령하고 있었다. 어두운 창문보다 불 밝힌 창문의 수가 늘어나는 시간, 책을 가방에 넣고, '아아아하' 하품 소리를 크게 내며 나는 한껏 기지개를 켰다.

'아 이 저녁에 아줌마를 어디 가서 찾을까나' 중얼거리며 벤치에서 일어섰다.

나는 이번에도 연극 작품을 끝내지 못할 것 같다. 연극과 나는 별다른 인연이 없는가 보다. 여행할 돈이 모이니 몸이 가만히 있지를 않는다. 점점 빨리 낮이 기운다. 매일 3, 4분씩 일찍 화방 문을 닫는다. 아직까지는 뒤쪽의 골방에 물건이 어느 정도 쌓여 있지만, 얼마나 더 버틸 수 있을지 모르겠다. 정우에게서는 연락이 없다. 그렇다고

PIN_최윤

181

물건을 더 주문하지도 않는다. 귀가해서는 실내의 불을 모두 켜고 앉아 저녁을 먹는다. 나른한 몸을 따뜻한 차 한 잔으로 깨우고 컴퓨터를 켠다. 세계지도 사이트를 열어놓고 이 도시 저 도시로 커서를 옮겨본다. 어디를 갈까. 모인 돈으로 못 갈 곳이 없다. 그러나 그 금액은 겨우 차비를 충당할 뿐이다. 가도 머물 곳이 없다. 멀리 갔던 커서를 움직여 지구를 거꾸로 한 바퀴 돌아 아시아로 와서, 한국을 클릭한다.

이튿날 연극 수업을 받으러 가는 길에 시청 근처에 보아두었던 여행사에 들렀다. 벌써 여행 목적지에 도착이라도 한 듯 가슴이 뛴다. 그 달의 한 수요일로 서울행 비행기 좌석을 문의한다. 전형적인 남불 사투리로 여직원은 떠날 수 있는 날짜를 몇 개 제안하고 나는 그중 하나를 고른다. 아틀리에 아신보다 약간 더 넓은 여행사는 세 명의 직원으로도 가득하다.

"오시는 날짜는 언제로 할까요?"

넋을 놓고 사무실 벽에 붙은 여행지 포스터들을 훑어보던 나는 직원의 질문에 깜짝 놀란다. 유

효기간 1년의 왕복 비행기 티켓이니 여행사 직원
이 묻는 것은 당연한데도, 물어서는 안 되는 신상
질문이라도 받은 듯 나는 입을 꽉 다물었다. 돌아
오는 것은 생각해보지 않았다. 생각에 잠긴 내 표
정을 보고 직원은 덧붙인다.

"자리가 있으면 언제든지 수수료 내고 일자 변
경 가능합니다."

나는 핸드폰의 달력을 열고 열심히 손가락을
움직여 옆으로 넘긴다. 곧 한 계절이 지나고 해가
바뀐다. 나는 초봄의 '아무 날이나 하루'를 요청했
다. 다시 온다면 금요일쯤 도착하면 좋을 것이다.
주말에 푹 자고 새로운 한 생을 다시 시작한다?
아무도 모를 일이다. 그 새로운 생을 아틀리에 아
신에서 시작할는지도 모르겠다. 그러나 그 반대
도 가능하다. 가게를 정리해야 한다면 그건 정우
가 하라지. 그는 그 정도의 수고는 해야 한다. 가
방에서 머리 묶는 밴드로 고정시킨 10유로짜리
지폐 뭉치를 꺼내 티켓 값을 지불한다. 그 돈뭉치
를 보고 놀라는 척 재밌는 척 눈을 크게 뜨고 장
난스럽게 나를 바라보는 여행사 직원의 입가에

미소가 번진다.

연극 수업에는 일곱 명이 모여 한창 연습 중이었다. 샹딸은 합류하라고 눈짓을 보냈지만 방해하지 않으려고 벽 앞에 늘어놓은 의자에 앉아 쉬는 시간을 기다렸다. 지난 시간을 거리를 취하고 바라보니 샹딸은 꽤 유능한 연극 교사였다. 처음에는 몇 가지 상황을 제시하며 우리의 긴장으로 굳은 몸을 유연하게 하는 스케치를 연습시켰다. 뒤이어 얼마 동안은 우리가 서로 모여 주제를 정하고 그것이 무엇이 되건 하나의 대본을 만들어내는 연습을 시켰다. 비록 완성은 하지 못했지만 참여자 서로를 아는 데 그보다 더 효과적인 건 없었다. 샹딸은 또 틈틈이 자신이 등장했던 연극 무대를 비롯해 한 달에 한 번 정도 그 도시에서 공연하는 연극 관람에 우릴 초청했다. 어찌 보면 아무것도 아닌 활동인데 샹딸은 혼신을 다해 매달렸다. 그러다가 얼마 전부터 그녀는 방향을 바꾸었다. 인원이 빠져나가서가 아니었다. 그녀는 공연을 염두에 두고 우리에게 짧은 스케치를 하라며, 처음으로 되돌아왔다. 선생의 수정과 가필을

통하기는 했지만 각자가 프랑스어로 두세 페이지 정도의 대본을 써냈다. 성탄절 즈음에 시청 안의 작은 무대에서 올리자는 것이다.

나는…… 한 젊은 여인이 첫 임신의 소식을 자신의 엄마에게 전화로 알리는 상황을 대본으로 썼다. 나는 불어 실력이 안 돼 짧고 더듬거리는 문장으로 채웠는데, 샹딸은 더 짧지만 더 감동이 일어나는 문장으로 대본을 과감하게 수정했다. 연습이 끝나고 나는 샹딸에게 곧 여행을 떠나야 해서 연극에 끝까지 참여할 수 없음을 진심으로 사과했다. 공연에 참여는 못 해도 연습에는 계속 참여하겠다고 했다.

언제 돌아올지 아무런 예상도 대책도 없는 지금, 화방을 성호에게 부탁했다. 성호네가 사는 마을에서 학교를 가려면 화방 쪽을 지나가야 하니 잘되었다. 성호도 그의 아내도 흔쾌히 동의했다. 어떻건 그들의 집보다는 학교도 시내도 가까우니 저녁에 일자리 알아보기도 수월할 것이다.

"여기 하루 종일 아주 조용해. 공부방으로 사용하고 아르바이트도 해. 파는 물건 이익의 반은 무

조건 너희 거다."

한창 자랄 나이의 부산한 세 명의 아이들에게서 떨어져 집중할 공간이 성호에게도 필요하지 않겠는가. 어쩌면 성호는 조용하고 질서 정연했던 결혼 전의 모습을 잠시나마 되찾을 수 있을지도 모르겠다. 잘 안 되는 불어로 공부하랴, 시험 준비하랴, 아이들 돌보는 것으로도 모자라 아르바이트까지, 기쁜 지옥을 감내하는 성호가 나는 조금도 안쓰럽지 않았다. 그는 가끔 학교에 가기 전에 낡은 차를 몰고 화방에 들를 때가 있었다. 나와 대화 중에도 성호는 어느새 졸고 있었다. 그가 깜빡 졸 때도 나는 얘기를 멈추지 않았다.

"성호야 나는 고향에 가도 갈 데가 없어. 아니지 누구네 집에나 갈 수 있지만 그래도 그건 좀 그렇잖아."

애를 셋이나 키우다 보니 성호에게는 자면서 듣는 기술이 생긴 모양이다. 그는 조금도 창피해하거나 미안한 기색도 없이 부스스 깨어나 대답했다. 마치 자기 집이니 가라는 듯이.

"뭐 걱정이야. 파랑대문 집에 가면 되잖아."

그는 벽에 걸린 시계를 보더니 서둘러 가방을 챙겼다.

"어이쿠, 수업에 늦겠다. 잘 쉬다 간다."

누군가 졸려서 잠깐 눈 붙이는 데 사용된 화방을 나는 정감 있게 둘러본다.

나도 누군가에게 나의 귀향을 알리고 싶다. 그러나 어느 우울한 날, 우리들 여남은 명의 주소만 제외하고 카톡 주소도 이메일 주소도 다 지워버렸다. 나는 서랍에 넣어둔 비행기 티켓을 꺼내놓고 메일 박스에서 S의 주소를 불러낸다. 잠시 망설이다가 그 옆에 정우의 주소도 찾아 넣는다.

"헬로! 잘 있니? 나, 한국 들어간다."

지구 저편에서 마치 내 소식을 기다리고 있었던 것처럼 곧 S의 답이 먼저 도착했다. S가 더듬지 않는 메일이나 문자가 나는 좋다.

"귀환을 환영함!"

한밤중에 빗소리에 잠에서 깼다. 이곳에 드물게 내리는 겨울비다. 꿈속의 구름샘은 늘 그렇듯이 한여름이었다. 낡지도 않는 내 꿈의 레퍼토리

라니! 냇가의 일렁이는 수면으로는 따가운 햇살
이 은빛 화살을 날리고 동네 아이들의 고성이 귀
에 여전히 쟁쟁하다. 반바지를 엉덩이까지 바짝
접어 올리고 작은 키가 감당 못 할 큰 뜰채를 들
고 아이들은 깊은 곳으로 한 걸음 한 걸음 들어간
다. 꽤 큰 놈이 잡힌 듯 그중의 한 아이의 뜰채가
푹 아래로 당겨지며 요동을 친다. 와아! 아이들의
환성이 빗소리였다.

침묵에서 말로 건너오는 여정

이소연

세파에 부딪혀도 스러지지 않는

최윤의 소설은 심연 너머 낮게 가라앉아 있던 감정, 의식, 기억을 뒤흔든다. 켜켜이 쌓인 농밀한 앙금이 불현듯 형체가 되어 나에게 말을 걸어온다고 상상해보라. 최윤의 소설 속에서 그 순간은 때론 비통한 아픔으로, 한편으로는 지극한 슬픔의 정조를 불러일으키는 사건으로 형상화된다. 침묵 속에서 자신이 무엇이며 어떤 이름으로 불리는지도 모른 채 쓸쓸히 스러져 갔을 작은 우주의 역사가 그의 소설에 의해 복원되어 존재를 언는다.」70년대를 짓눌렀던 엄혹한 사회 현실 속에서, 섬세한 영혼을 지닌 한 여성의 개인사를 되짚어간 「회색 눈사람」과 5월 광주로 호명되는 비참한 역사의 한 장을 응결시킨 「저기 소리 없이 한 점 꽃잎이 지고」가 그러했다. 이미 수십 년이 흐른 오늘, 이곳에서 여전히 그 이야기들을 읽으며 우리는 지나가버린 역사를 지나가도록 허용하는 일, 흐릿해져 가는 시간들을 지워지도록 방치하는 것이 과연 '인간의 일'인지 되묻게 한다. 소설을 쓰고 읽는다는 것은 이러한 질문에 대해 '결코 그렇지 않다'고 온몸과 마음을 모아 힘껏 부정하는 행위다. 인간은 이야기함으로써만, 특히 지나간 과거의 상처와 죄, 기쁨과 아름다움을 계속해서 되살려냄으로써 오늘을 의미 있게 살아갈 수 있는 존재임을, 최윤의 소설들은 꾸준히 증언하고 있는 것이다.

거의 8년 만에 나오는 장편을 통해, 최윤은 세파가 휩쓸고 지나간 모진 세월의 질곡에서 또다시 존재의 잔해를 발굴해 온전한 얼굴, 이름으로 되살려내는 마법(혹은 구원)의 드라마를 펼친다.

느릿느릿한 속도로 과거의 사건들을 재구성할 때도, 격렬한 고통의 순간을 힘겹게 삼킨 후 다시 토해내는 순간에도 그의 소설은 항상 기대하지 못했던 충격으로 독자를 이끈다. 그리고 그 장면의 한가운데에는 항상 세상의 온갖 풍상과 불행을 겪어내면서도 완전히 잠식되지 않는, 자존심 강한 인간들이 자리 잡고 있다. 천천히 영혼을 잠식하는 모진 세파 한가운데서도 한사코 자신의 '최후의 한 조각'을 지켜내는 힘은 어디서 오는 것일까. 인간의 얼굴을 지키려는 그 고집스러운 노력을 우리는 무엇이라고 불러야 할 것인가. 나는 최윤의 소설을 읽을 때 항상 그런 질문을 던지곤 했다. 아마도 그의 소설에서 그 원동력은 어떤 순간, 아무리 낮은 음성이지만 어떤 방법을 써서라도 '말하기'를 포기하지 않으려는 집요한 의지에서 나온다. 우리가 겪은 이런저런(대개는 아프고 모진) 경험을 언어로 표현할 수 있다면, 언젠가는 그 언어로 연결된 다른 존재의 의식을 통해 되살아날 수 있을지도 모른다. 그렇게 되면 언어가 망각의 심연 바깥으로 우리를 꺼내주지 않을까? 그러한 믿음이 있기에 여전히 작가는 새로운 작품을 쓰고, 또 우리는 읽는 것이리라.

나는 최윤의 소설을 통해, 거친 세파에서 간신히 살아남아 자신의 삶을 증언하는 이들을 눈에 그린 것처럼 생생하게 만나곤 한다. 그 감정은 소설의 막바지에서, 어떤 미광微光의 기미를 발견할 때 극에 달한다. 세파의 어느 굽이를 돌다가 갑자기 최윤의 소설을 마주하는 사람은, 단호하게 그를 사로잡아 등장인물들이 겪는 순례의 길에 동참하도록 하는 흡인력에 놀라게 된다. 그 과정은 흡사 위에서 아래로 떨어지는 재난 혹은 은총과 닮았다. 그렇게 떠밀리듯 걷다 보면, 모든 고난과 슬픔에는 이유와 매듭이 있으며 결국은 서로 관계 맺고 있음을 깨닫게 된다. 그리고 최윤의 소설은 비록 그 과정은 아프고 쓰렸지만 어느새 돌아보면 지나간 시간들이 서글프도록 아름답게 느껴지도록 만든다. 마치 이러한 아름다움에 기대어 남은 생도 견뎌내라고 독려하듯이. 이번에 출간된 『파랑대문』을 누구보다 앞서 읽은 행운을 누린 내가 마지막 장을 덮으며 느낀 감정도 바로 이

것이었다.

그때 아이들은 문밖으로 흩어지고

『파랑대문』의 첫 장면은 꿈에 그리는 이상향과
도 같은 마을 '구름샘'에서 아이들이 천진난만하
게 노는 모습으로 시작한다. 그러나 이는 주인공
의 한 사람인 상미가 꾸는 꿈이었음이 밝혀진다.
더욱이 그녀는 현실에서 몸과 마음을 갉아먹는
끔찍한 고통에 시달리고 있다. 독자는 첫 장면에
나온 아이들이 차츰 상미와 그의 남편 정우 그리
고 또 다른 중요 인물인 S의 어린 시절이었음을
알게 된다. 고향에서 함께 남매처럼 자라던 아이
들은 어떤 이유로 뿔뿔이 세상에 흩어졌으며, 어
른이 된 이후에도 서로 사랑과 우정을 나누는 동
시에 치명적인 불행을 가져다주는 복잡한 관계를
맺게 되었을까.
　이 소설의 인간관계를 간단하게 표현하려면 모
든 갈등을 배태하는 기본형인 삼각형을 또다시

가져와야만 하겠다. 세 꼭짓점에 각각 상미와 그의 남편 정우, 그리고 정우의 사촌 형제이자 상미를 사이에 두고 긴장 관계에 있었던 S가 자리하고 있다. 그런데 나머지 두 사람은 매번 명확하게 이름으로 호명되는 데 반해 S는 시종일관 소설에서 이니셜로만 불린다. 상미와 정우는 여러 장에 걸쳐 번갈아 소설의 서술자로서 자신의 생각과 목소리를 발화하는 역할을 맡지만 S는 결코 전경에 나서서 표 나게 존재감을 각인시키는 법이 없다. 그는 상미와 정우 부부가 전면에 나서서 연기하는 인간 드라마의 후경에 머물러서 그림자 혹은 유령처럼 등장했다가 몸을 숨기곤 한다. 이러한 장치는 자연스레, 소설이 진행됨에 따라 한 꺼풀씩 벗겨지는 비밀의 열쇠는 그가 쥐고 있는 것처럼 보이게 만든다. 그러나 사건이 진행될수록 미스터리의 중심에 S가 있을지도 모른다는 의심은 보기 좋게 배반당한다.

사건은 결혼 생활 10년 만에 가까스로 아이를 갖게 된 상미를 축하하기 위해서, 마침 두 부부가 살던 도시에 방문한 S가 두 부부의 집을 방문하면서 시작된다. 당시에 두 사람이 살던 아파트에는 상미 혼자 있었고 S는 선물을 전달한 후에 어린 시절부터 지녔던 습관대로 신발 한 짝을 문에 끼워두고 떠났다는 것 외엔 특별할 것이 없어 보였다. 그러나 바로 그 방문 직후 상미는 괴한에게 불의의 습격을 당하고 심하게 폭행당한 끝에 아이마저 유산하게 된다. 그러한 불행이 일어났음에도 불구하고 상미 부부는 S에게 갖고 있는 애정과 부채감으로 인해 경찰에 신고하지 못하고 상실감과 죄책감으로 극심한 고통에 시달리게 된다.

이후 소설을 이끄는 결정적인 계기는 남편 정우가 이 사건 이후에 충격을 받고 자신이 아이를 가질 자격이 없는 인간임을 절실히 깨닫게 된다는 데서 온다. 그는 상미를 데리고 구름샘을 떠난 후 의도적으로 잊고 살려고 했던 S의 존재와 그와 함께 얽혀 있는 자신의 과거(더 정확히 말하면 사촌인 S에게 가해졌던 폭력과 음모에 가담했던 일들)를 강력하게 상기하게 된다. 더불어 정우와 상미는, 한때 이상향과도 같았던 고향에서 멀리 떨어져 여기저기 떠도는 자신들의 불운과 그

원인이 된 도덕적 타락, 즉 범죄의 무게를 느끼며 급속하게 허물어지기 시작한다. 정우는 상미와 자신이 둘만의 세계를 이룰 수 있다고 생각했으나 결국 어디로 도망쳐도 S가 개입된 3자 관계에서 벗어날 수 없음을 통렬하게 깨닫는다. 이러한 정우의 각성이 공동체로부터 도망쳐 폐쇄적이고 자기 충족적인 2자 관계 속에 머무르는 또 다른 3자로 이루어진 가족을 가질 수 없다는 알레고리적인 해석으로 확대되는 것을 막을 도리는 없을 터이다. 애초에 구름샘에서 그는 원초적인 범죄에 해당되는 아버지의 '형제 살해'에 가담하고, 자신에게 이익이 되는 방향으로 일이 흘러가는 것을 적극적으로 방관했으며, 진심에서 우러난 사랑이 아니었으면서도 S에게서 상미를 떼어내 함께 도망쳤던 것이다. 정우의 죄책감과 자괴심의 뿌리, 나아가 실제적인 파국의 기원에 참담한 배신이 있었음을 폭로하는 데, 소설은 오랜 시간을 들이지 않는다. 이미 유산의 충격으로 깊은 상처를 입은 후, 상미를 공격한 범인을 찾는 과정에서 두 사람은 번갈아가며 과거에 일어났던 사건들의 예후와 결과를 거침없이 고백한다. 마치 말에 오랫동안 굶주렸던 사람들처럼, 갈증에 허덕이는 이들의 목구멍을 타고 소설의 이야기들은 파도에 풍랑이 번지듯 결말을 향해 급격히 물살을 타기 시작한다.

침묵은 어떻게 말을 견디나

이들이 자신의 죄와 애증을 고백하는 과정을 재현하기 위해 소설은 외국어를 배우는 과정의 알레고리를 빌려온다. 외국어를 처음 배우는 과정은 자신이 표현하려는 의미를 상대방에게 전달하기 위해 힘겹게 입을 떼야 한다. 자신이 생각하는 의미에 적확하게 들어맞는 외국어의 표현들을 찾는 과정은 외국어를 배우는 과정에서 줄곧, 그리고 외국어를 사용해 발화하는 매 순간 빠르게 이루어진다. 외국어 학습자가 매번 어려움을 겪는 이유는 마음속에 떠오른 의미와 바깥으로 표현되는 언어 사이에 필연적으로 존재할 수밖에 없는 커다란 간극 때문이다. 기의와 기표는 언제나 일치하지 못하고 서로를 지향하되 겉돌 수밖에 없다. 이러한 간극을 좁히는 데 거듭 실패하면 학습자는 외국어보다 더 빠르게 좌절을 습득하게 된다. 이러한 실패는 다름 아닌 S의 치명적인 말더듬 버릇을 설명하는 원인이 된다. 소설이 진행될수록, 한때는 상미에게 가해진 범행의 피의자로 의심받았던 S야말로 믿었던 삼촌과 사촌 형제, 즉 정우와 정우의 부친에 의해 무참히 짓밟힌 피해자임이 증명된다. 그러나 S는 끝까지 마을 사람들과 자신을 떠난 상미에 대한 애정을 버리지 않는다. 그의 선의와 잔인한 현실의 악의가 불일치하는 세상을 살면서 그는 그 간극을 해결하지 않고 입을 닫는 것으로 봉합하려 시도한다. 침묵이 이 모든 좌절을 덮어주는 유일한 방도인 듯 행동했던 것이다.

이러한 외국어 학습의 알레고리는 상미가 프랑스 학교에 적응하지 못한 성호의 딸을 치료하는 과정에서도 반복된다.

세 번째 주말에 주은이 입을 뗐다.

"이모는 내가 무서워?"

나는 그 말을 '이모, 난 사람들이 날 싫어할까
봐 무서워 말을 못 하겠어'로 이해했다. (158쪽)

아이와 나누는 이 대화는 곧이어 S의 말더듬
증세를 걱정하는 상미의 상념과 이어진다.

S는 무엇이 무서웠을까. 무슨 말이 입 밖에 나
올 것이 두려워 말을 더듬게 되었을까. (160쪽)

어떻게 보면 이 소설의 전체 줄거리가, 의미와
표현이 일치하는 진실한 '인간'의 언어를 배워가
는 과정에 대한 이야기라고 해석할 수도 있다. 그
렇다면 인생은 낯선 세상에 던져져, 외국어나 다
름없는 인간의 언어를 열심히 배워 익히는 거대한
학교라고도 봐도 좋겠다. 마찬가지로 상미 역시,
이방인의 언어인 프랑스어를 배우기 위해 꾸준히
연극 수업에 참여하는 모습을 보인다. 정우 역시
상미와 S를 향해 자신이 저지른 죄를 고백하기 위

해, 참회의 언어를 구사하려 안간힘을 쓴다.

"너와 약속한 것 이제 실행하려고 해."

걸으면서 나는 소리 내어 그 문장을 발음해본다. 천천히, 외국어를 처음 배운 사람처럼 어색하게. 그래 이 문장은 내게는 외국어다. 외국어처럼 반복해본다. 우선 상미는 내가 무슨 말을 하는지 고개를 갸우뚱할 것이다. (……) 상미가 요청한 단 하나의 결혼 조건은 내가 S에게 가서 모든 것을 고백하고 용서를 얻어오라는 것이었다. (165-166쪽)

소설의 초반에 상미는 자신들이 만들고 떠나온 파랑대문 집을 보며 성경의 '바벨론'을 연상한다. "그것이 타락한 인간의 운명이다. 말과 실체가 따로 식별되는 형벌. (바벨론이군! 그와 내 얘기. 우리 얘기야. 실체는 떠나고 말만 남았단 말이야!)"(90쪽)

바벨탑이 어떠한 곳인가. 신을 배신하는 원죄를 지은 인간들이, 다시 한 번 신을 뛰어넘으려는 교만을 보이자 신이 인간으로 하여금 뿔뿔이 흩어지도록 응징한 바로 그 구조물이 아닌가. 그렇게 보면 인간의 언어는 신이 인간이 자신으로부터 분리되었음을 보여주는 상징이자 이를 가능하게 한 도구라고 볼 수 있다. 그러나 인간은 자신에게 주어진 그 저주의 결과물인 언어나마 열심히 배우고 다듬어야 애초부터 신에게 연결되어 있던 그 근처의 흔적이라도 만질 수 있는 것이다. 그렇다면 언어는 신의 징벌이면서 동시에 다시 그 주변으로 끌어모으고자 하는 은혜의 도구가 아니겠는가. 징벌이자 은혜, 독이면서 약이라는 엉뚱한 역설이 성립한다는 것은 언어가 신으로부터 온, 신성성이 깃든 존재임을 증명하는 것이리라.

이러한 신비로운 조화 앞에서 내가 잠정적으로 내린 결론은 이러하다. 신에게 버림받았던 인간은, 저주인 줄 알았지만 실은 자비로운 선물이었던 언어를 통해 오히려 언어의 한계를 초극하고 침묵과 소리, 존재와 뜻이 만나는 세계로 상상적으로 접근할 수 있다는 것. 길고도 고통스러운 순례의 여정을 통해 이 방법을 터득한 인간들은 이제 상처투성이인 입술을 열어 재생하기 위해 마지막 투신을 감행한다. 그러나 무모한 모험처럼 보이는 이러한 시도를 통해 인간은 살아남으려는 생의 의지를 빛낸다.

험난한 여정을 거쳐 집으로

『파랑대문』의 이야기 전면에는 여러 원형적 서사의 틀들이 그림자처럼 스쳐 지나간다. 고국을 떠나 정착하지 못한 채 낯선 유럽의 도시들을 계속 떠돌아다니는 정우와 상미 부부의 행적을 쫓는다는 점에서 이 소설은 '여로旅路 소설'의 일종으로 분류할 수 있다. 독자 역시 두 사람이 겪는 험난한 역정歷程을 뒤쫓아가다 보면 떠도는 인생의 피곤함이란 이런 것이로구나, 추체험하게 되는 것이다. 또한 카인과 아벨을 연상시키는, 형제 살해라는 원초적인 범죄로 인해 낙원에서 쫓겨났다가 참회 끝에 귀환한다는 성경의 『실낙원』플

롯을 취하는 것으로 풀이할 법도 하다. 이는 동생이 형의 재산과 지위를 탐낸 나머지 벌인 범죄로 인해 자식이 파국에 빠지는 햄릿의 서사와도 멀리 있지 않다. 다만 이 소설의 경우 햄릿의 그림자는 정우와 S, 두 사람이 공동으로 걸머지는 것으로 보인다.

소설의 제목인 '파랑대문'의 이미지는 첫눈에 연상했던 것처럼 중의적인 해석을 향해 열려 있다. 문법에 맞게 쓴다면 '파란'이라고 되어야 할 것을, 굳이 '파랑'이라고 쓴 데에는 소설 속에서 이 이름을 붙인 아이들다운 변덕과 동음이의어인 '파랑波浪'과 겹쳐 읽게끔 하는 작가의 의도가 엿보인다. 그것은 파랑blue이면서 동시에 파랑wave이기도 하다. 이 단어는 독자의 마음에도 물결을 일으키듯, 처음에는 평온하고 싱그러웠으나 곧이어 '세파'라는 거친 움직임을 연상시키면서 마음을 잠식해 들어온다. 한편 이 문을 거쳐 한 마을에서 시작된 아이들이 온 세상으로 흩어지는 존재의 관문이자 특이점을 떠올리는 것도 무리는 아니다.

그리고 소설은 절정에 이르러 고백록confession을 방불케 하는 참회자의 육성을 들려주는 것으로 완성된다. 그러나 소설은 그 장면마저 직접 정우가 상미와 S 앞에서 고백하는 것이 아닌, 녹음한 파일을 USB에 담는 모습으로 설정하고 있다. 정우의 1인칭 독백이 등장하는 장면 직후에 이어지는 장에는, 상미가 정우로부터 받은 USB를 확인하는 행위가 나온다. 그러니까 독자는 정우의 목소리를 직접 듣는 것이 아니라 녹음된 목소리를 기계음으로 재생해서 듣는 것으로 상상해도 좋을 것이다. 어차피 언어라는 도구 자체가 의미를 직접 전달하는 것이 아닌 매개체라는 사실을 새삼 상기해보면, 디지털 기기에 담겨 재생되는 목소리는 매개의 매개라고 할 수 있겠다. 소설은 그렇게 우회로를 돌고 돌아서, 매개와 매개의 매개, 심지어 매개의 매개의 매개를 빌려서라도 진심에 가닿으려고 하는 노력, 그리고 그것을 전하는 방법을 어떻게든 배워가는 과정으로도 우리는 무엇을 수행할 수 있다고 발언하는 듯하다. USB에 녹음된 목소리는 어쨌든 존재에 내장되어 있는 간극

을 넘어서기 위해 분투하고 있으며 상미는 그것
을 수신하는 것으로 그 유효성을 증명한 셈이다.

그 추하고 악한 일들을 내가 다 쏟아낼 수 있
을까. 뱉어내는 거야 뭘 못 하겠나. 그것이 다라
면 벌써 할 수 있었겠지. 혼자서, 골방에서, 내가
나에게. 그게 뭐야. 아냐, 너를 찾아가는 거야. 네
앞에서, 네 얼굴을 보고 다 말하는 것, 그것이 나
의 종착역이야. (135쪽)

그래서 불행한 사건들은 일어나는 거야. 맘과
말 사이에 다리가 끊겨서 말이지. 인간의 많은 불
행은 그렇게 시작돼. 우리의 말에 대한 감각은 퇴
화됐거든. (……) 이번에는 정말 말의 길을 찾았
으면 좋겠어. 이번에도 그 길을 잃으면 나는 더
이상 앞으로 나갈 수가 없어. 이제 도망갈 길이
없어. 그래서 나는 늦은 시간까지 이렇게 애를 쓰
며 길을 찾고 있어. 네게 가는 길. 파랑대문 집으
로 가는 길. 상미에게 가는 길. 그건 먼 곳에 있을
롤로에게 가는 길이 되지 않을까. (136-137쪽)

상미는 마침내 정우와 따로 떨어져 혼자 한국으로 귀향한다. 나는 그것이 정우와 S, 두 남자와 떨어져 홀로 성취한 상미의 정신적인 독립이 되길 간절히 바란다. 언젠가 그에게도 힘들게 침묵 속에 잠겨서 외국어로 말하지 않고도 자신을 자유롭게 표현하게 될 날이 찾아들길 바란다. 옛 친구 성호가 한국으로 떠나려는 상미에게 반은 꿈속에서, 반은 깨어 있는 상태에서 중얼거린 것처럼 과거의 아픔이 아로새겨진 장소인 '파랑대문 집'이 긴 여정을 마친 후에 축복이었음이 판명되길. "뭐 걱정이야. 파랑대문 집에 가면 되잖아."(186쪽)

이제 마지막으로 소설의 제목인 '파랑대문'이 갖는 의미에 대해, 다시금 곱씹으며 해석을 내릴 때가 된 것 같다. 상미와 정우 부부의 아기로서 지상에 머물렀던 희망의 이름 '씨엘로'가 '하늘'이라는 뜻의 스페인어였던 것처럼, '파랑'은 하늘의 푸른빛을 의미하면서 동시에 한때 '인간'이었던 우리 모두 돌아가게 될 죽음을 연상시키는 찬란한 모국어가 아닌가. 그러나 '파랑'이라는 기표가 던져질 때 사람들은 모두 자신의 기억에 따라 다양한 기의의 푸른빛을 떠올리기 마련이다. 그 중에는 폭풍 직전의 하늘을 연상시키는 불투명한 암청색, 빛이 도달하지 못하는 심해를 품고 있는 바다의 빛인 코발트블루, 여름 햇살을 받아 싱그 럽게 부서지는 강물의 투명한 색이 모두 포함된 다. 마찬가지로 소설을 읽기 전에 떠올렸던 '파랑' 의 색이, 책장의 마지막 갈피를 덮고 난 이후 떠올리는 이미지와 빈틈없이 같을 수는 없을 터이 다. 소설을 모조리 읽은 후, 독자는 당연히 그 이 전으로 돌아갈 수 없다.

나는 모진 세파의 파랑波浪을 견뎌내고 그 자 리에 남아 있는 인물들이 돌아가는 장소에서 만 날 파랑대문은 가장 눈부시게 투명한 색으로 빛 나야 한다고 믿는다. 그것은 그저 믿음 혹은 환상 에 불과하다고 비난받아도 반박할 도리가 없다는 것도 안다. 그러나 그 환상이 여전히 소설을 읽고 나서 눈물짓게 하는 원동력임을 알고 있다. 아직 삶이라는 불투명한 지속의 상태에 머무르는 인간 들에게 언어는 불완전한 도구이기에 그것을 수신

하는 독자들의 믿음이 돕지 않으면 파도처럼 번져 나가는 의미의 파동도 언젠가는 스러지고 말 것이다. 최윤의 소설은 침묵에서 말을 꺼내, 그것을 주고받는 사람들의 믿음 위에 살그머니 걸쳐놓는 일의 힘겨움에 대해 직접 증언하고 있다. 그러나 그렇게 작동하는 이야기 덕분에 우리는 과거의 역사를 견뎌내고 오늘을 살아간다. 소설은 그 지난한 과정을 온몸으로 드러내는 물증이 된다.

작가의 말

말의 고향은 어딜까.

빛이 있으라, 하면 빛이 내려오는 세상,

아마도 이것이 말의 지고의 원형이리라.

소설은 그 말의 실행력을 꿈꾼다.

그러나 무한소로만, 거기에 근접한다.

매 작품 지극히 작은 한 부분만.

소설이, 말이 할 수 있는 것이

지극히 적다는 걸 알면서

조금 현명해진다.

그러나 작은 한 점이 사람과 사람을

삶과 삶을 연결하는 투명한 끈임을 알기에

소설은 겸손을 배운다.

다행이다.
끝나지 않을 여행이니 즐겁게 하자.

이 작품을 출간 직전에 읽으시고 보살피신
이소연 평론가와 현대문학의 윤희영 팀장께
각별한 감사의 마음을 전한다.

2019. 7
최윤

파랑대문

지은이 최 윤
펴낸이 김영정

초판 1쇄 펴낸날 2019년 7월 25일

펴낸곳 (주)현대문학
등록번호 제1-452호
주소 06532 서울시 서초구 신반포로 321(잠원동, 미래엔)
전화 02-2017-0280
팩스 02-516-5433
홈페이지 www.hdmh.co.kr

ISBN 978-89-7275-998-0 04810
      978-89-7275-889-1 (세트)

* 책값은 뒤표지에 있습니다.
* 이 도서의 국립중앙도서관 출판예정도서목록(CIP)은 서지정보유통지
  원시스템 홈페이지(http://seoji.nl.go.kr)와 국가자료공동목록시스템
  (http://www.nl/go/kr/kolisnet)에서 이용하실 수 있습니다.
  (CIP제어번호: CIP2019026645)